張小嫻

AMY CHEUNG

愛情王國

THE DOLPHIN GIRL

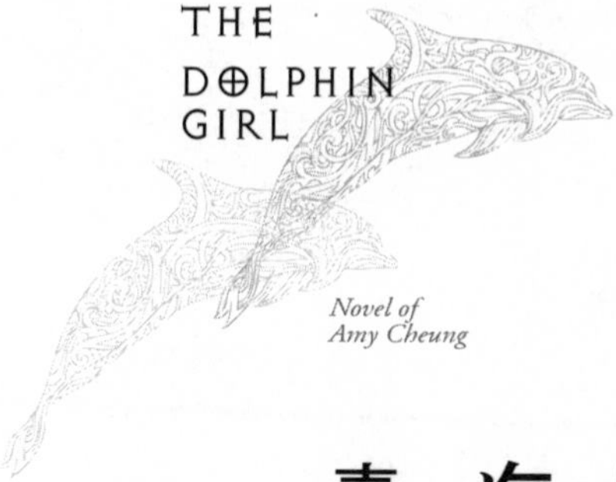

Novel of
Amy Cheung

責海豚
的女孩
張小嫻

目錄

第一章

亡命的邂逅

人對同一件事情的敏感度是會逐漸下降的，
愛情也是一樣，曾經不能夠失去某人，
然而，時日漸遠，便逐漸能夠忍受失去。

「各位先生女士，這是一場亡命表演！」

翁信良第一天到海洋公園報到，剛剛進入公園範圍，便聽到透過擴音器的宣佈。他在日本那邊的海洋公園當過三年獸醫，知道所謂亡命表演是跳水藝員高空跳水。他們通常是黑人或白種人，薪酬相當高。三年前，翁信良到日本海洋公園報到的第一天，便有一名年輕的跳水員從高空躍下時失手，頭部首先著地，發出一聲巨響，在池邊爆裂，旁觀者在歷時二十秒的死寂之後，才陸續發出尖叫。那是一名名叫鯨岡的日本青年。他的家人事後得到一筆豐厚的保險賠償。

翁信良本來不打算看以下這一場亡命表演，日本跳水員的死狀仍然歷歷在目。今天是星期天，圍觀的男女老幼把一個僅僅十米水深的跳水池包圍著，等待別人為他們亡命。

在梯級上攀爬的是一名黑髮的黃種女子，她穿著一件粉綠底色鋪滿橙色向日葵圖案的泳衣，背部線條優美，一雙腿修長結實，烏黑的長髮束成一條馬尾。她一直攀爬到九十米高空，變成一個很小很小的人。女郎面向觀眾，輕輕揮手，她揮手的動作很好看，好像是一次為了追尋夢想的離別。

翁信良看得膽戰心驚。

跳水隊員在池中等待女郎跳下來，群眾引頸以待。女郎輕輕地踏出一步，三百六十度轉體，她從九十米高空上以高空擲物的速度迅速插入水中，池水只是輕輕泛起漣漪。

女郎冒出水面的一刻，獲得熱烈的掌聲，她的名字叫于緹。

于緹在翁信良身邊走過，意外地發現這個陌生的男人長得很好看。她回頭向他微笑。

翁信良看著她的背影，她從九十米高台躍下的情景突然變成了一連串慢動作，在翁信良的腦海中重播一次。

翁信良到獸醫辦公室報到。公園缺乏獸醫，所以星期天也請他上班。主任獸醫大宗美是日本人，很喜歡翁信良會說日語。

翁信良第一個任務是到海洋劇場檢查一條海豚。

海洋劇場正有表演進行，四條海豚跟著音樂的節拍在水中跳韻律泳，穿螢光粉紅色潛水衣的短捲髮女孩隨著音樂在岸上跳起舞來。她笑起來的時候，眼睛瞇成一條線，兩邊嘴角移向臉頰中央，好像一條海豚，她彷彿是第五條海豚。女孩倒插式跳到水中，跟其中一條海豚接吻，她接吻的姿態很好看，她手抱著海豚，閉上眼睛，享受這親密的接觸，她好像跟海豚戀愛。

翁信良著手替患病的海豚檢查。

「牠叫翠絲。」

跟海豚接吻的女孩回來了，她輕輕地撫摸著翠絲的身體。

「牠跟力克是戀人。」女孩說。

「力克？」翁信良檢查翠絲的眼睛。

「剛才跟我接吻的，便是力克。」女孩協助翁信良檢查翠絲的口腔。

「牠患了感冒，我開一點藥給牠，順便拿一些尿液。」

「你是新來的動物醫生？」

「是的，我專醫動物。」

「你從前在哪裡工作？」

「日本的海洋公園。」

「嗯。怪不得你有點像日本人。」

「是嗎？」

「好像日本的男明星。」

翁信良失笑。

翁信良吹出一串音符，池裡的四條海豚同時把頭插進水裡，向翁信良搖尾。

沈魚吃了一驚：「牠們為什麼會服從你？不可能的，牠們只服從訓練員。」

翁信良繼續吹著音符：「牠們知道我是新來的獸醫，特地歡迎我。」

沈魚不服氣：「不可能的。」

翁信良笑說：「海豚是很聰明的動物，科學家相信，不久將來，能夠和人類說話的，除了猩猩，便是海豚。」

翁信良吹完一串音符，四條海豚又安靜下來，沈魚滿腹疑團。

「到底——」沈魚正想追問。

「表演開始了。」翁信良提醒沈魚。

沈魚回到表演台，翁信良提著藥箱離開劇場，她還是不明白海豚為什麼會服從他。

下班的時候，翁信良看到沈魚坐在公園外的石階上。
「你還沒有告訴我，我的海豚為什麼會服從你。」沈魚說。
「妳的好奇心真大。」
這時于緹也下班了。
「這是我們新來的動物醫生。」沈魚說：「我還不知道你叫什麼名字。」
「翁信良，妳呢？」
「我叫沈魚，這是緹緹，她是高空跳水的。」
「我剛才看過。」
「我們打算吃飯，你來不來？」沈魚問翁信良。
「好，去哪裡？」
「去赤柱好不好？」沈魚說。
他們剛好趕及在夕陽下山前來到赤柱。
「亡命跳水員中，我還沒有見過中國女子。」翁信良說。
「緹緹的爺爺和父母都是雜技員，她膽子大。她不是公園的雇員，她是跳水隊的雇員，她每年只有一半時間留在香港表演。」沈魚說。

「我習慣了四海為家。」緹緹說。

沈魚連續打了三個噴嚏。

「妳沒什麼吧?」翁信良問她。

「我有鼻敏感,常常浸在池水裡,沒辦法。」沈魚說。

「妳為什麼會當起海豚訓練員呢?」

「我喜歡海豚,又喜歡游泳,順理成章吧。你為什麼會做獸醫?」

「很長篇大論的。」

「說來聽聽。」

「我小時候養了一條狗,我爸爸死了,後來,媽媽也死了,我的狗還沒有死,一直陪了我十四年,然後,有一天,牠患病了,終於離開我,我哭得很厲害。本來打算當牙醫的我突然改變了主意,想當獸醫。」

「原來是這樣。你還沒有告訴我,海豚為什麼會服從你,你吹的是什麼歌?」

「妳說這一段?」翁信良吹出一串音符。

沈魚點頭。

「是我在日本學的，這是跟海豚的音波相同的，任何一種海豚也能明白。別忘了我是獸醫。」

「是嗎？」沈魚學吹這一串音符。

第二天早上，沈魚對著海豚吹著相同的一段旋律，可是海豚並沒有乖乖地向她搖尾。

「不是這樣，還差一點點。」翁信良提著藥箱出現。

「翠絲怎麼樣？」翁信良問沈魚。

「你看！」

翠絲跟力克在水裡翻騰，牠看來已經痊癒了。

「海豚有沒有愛情？」沈魚問翁信良。

「沒有人知道。」

「我認為有。你聽聽，牠們的叫聲跟平常不一樣，很溫柔。牠們的動作都是一致的。力克對翠絲特別好。本來是米高先愛上翠絲的。」

「米高是另一頭雄性海豚？」

沈魚點頭，指指水池裡一條孤獨的樽鼻海豚：「但力克打敗了米高，在動物世界裡的愛情，是強者取勝的。」

「人類也是。」翁信良感慨地說。

「不。太剛強的人會失敗，弱者不需努力便贏得一切。」

「動物對愛情並不忠心，海豚也不例外。」

「忠心也許是不必要的。」沈魚說：「男人有隨便擇偶的傾向，他們對性伴侶並不苛求，賣淫是全球各地男性也需求甚殷的一種服務。」

「我沒有試過。」翁信良說。

沈魚噗哧一聲笑了：「為什麼不試試看？」

「我從來沒有想過。妳不介意妳男朋友召妓的嗎？」

「如果我是男人，我也會試一次。」

「我曾經陪朋友去召妓，他有心臟病，怕會暈倒，要求我在附近等他。」

「結果他有沒有心臟病發？」

「沒有。那一次，我在街上等了兩小時。」

「你女朋友沒有罵你？」

「我那時沒有女朋友。」

「現在呢?」

「現在也沒有。」

沈魚看到翁信良的藥箱裡有一張訂購歌劇的表格。

「你想訂購這齣歌劇的門票?」

「是的,從前在英國錯過了。」

沈魚把表格搶過來:「我有辦法拿到前排的座位,三張票怎麼樣?你請我和緹緹看。」

「不成問題。」

沈魚下班後趕快去售票口排隊買票,她哪有什麼門路?只是沒想到排隊的人竟然那麼多。

翁信良剛剛準備下班的時候,緹緹來找他:「我的鬆獅病得很厲害,你能不能去看看牠?」

「當然可以。」

翁信良跟緹緹一起坐計程車去。

「對不起，麻煩你。相熟的獸醫早就關門了。」

「不要緊，妳在香港有房子嗎？」

「是我舅父的。我來香港就會住在這裡。」

翁信良來到緹緹的家，鬆獅無精打采地伏在地毯上。

「牠整天肚瀉。」

「牠患了腸胃炎，如果再拖延，就性命不保了。」

翁信良替牠注射：「牠叫什麼名字？」

「咕咕。」

緹緹送翁信良到樓下，經過一個公園，緹緹攀上鋼架，向翁信良揮手：

「你也來。」

「不。我怕高。」翁信良尷尬地說。

「真的？」緹緹不相信翁信良是個怕高的大男人。

「那麼我要下來了。」緹緹站在鋼架上，張開雙手，踏出一步，以跳水般的優美姿態跳到地上，輕輕著地，輕輕鞠躬。

「妳只有一個親人在香港嗎？」

「嗯。我父母都住在法國。他們從前是國家雜技團的。」

「回去了。」緹緹說：「今天晚上很冷。」

「是的，入冬以來天氣一直暖和，今天早上還很熱，現在忽然颳起大風。」

緹緹向翁信良揮手道別：「謝謝你。」

「今天晚上抱著咕咕睡吧，牠需要一點溫暖。」翁信良說。

在文化中心的售票口外，寒風刺骨，沈魚要不停地做原地跑來為身體增加熱量，尚有幾個人便輪到她買票。她想著翁信良的臉，心裡突然有一股暖流。

第二天早上，沈魚跑上翁信良的工作室。

「三張門票。」沈魚把三張門票交給他。

「謝謝妳，多少錢？」

緹緹也來了，「咕咕今天沒有肚瀉了。」

「你看過咕咕？」沈魚問翁信良。

「昨天晚上牠患上腸胃炎。」

沈魚連續打了幾個噴嚏，她有點傷感。

週末晚上，沈魚在緹緹家裡。

緹緹在弄薑蔥蟹麵，她愛吃螃蟹，而且她很會弄好吃的東西，沈魚就沒有這份能耐，做家務不是她的強項。此刻，她正站在雪櫃旁邊，吃完了五杯果凍和兩排巧克力。

「妳又情緒低落？」緹緹問她。

沈魚只是有些傷感，她愛上了翁信良，可是她看出翁信良愛上了緹緹。

「妳的樹熊怎麼樣？」緹緹問她。

「王樹熊？我不想見他。」

「他很喜歡妳。」

「緹緹，妳需要一個怎樣的男人？」

「跟我上床後，他願意為我死掉的男人。」緹緹舐著螃蟹爪說。

「哪有這樣的男人？只有雄蜘蛛會這樣。」沈魚說，「我想要一個我和他上床後，我願意為他死掉的男人。」

「有這種男人嗎？」緹緹笑著說。

「還沒有出現。」

緹緹弄好了一大盤的螃蟹麵，說：「我要先洗一個澡。」

「我也來！」沈魚說。

她們兩個人泡在浴缸裡。

「你覺得翁信良怎麼樣？」緹緹問沈魚。

「長得英俊，沒有安全感。」

「妳是不是喜歡翁信良？」

「不是，怎麼會呢？」沈魚潛進水裡。她突然感到後悔，她為什麼不肯坦白呢？因為她剛強，她認為那麼容易喜歡一個男人是軟弱的表現，她總是被自己誤了。

「那妳呢？妳喜歡翁信良嗎？」沈魚問緹緹。

「還不知道。」緹緹說：「喜歡一個人，是需要一份感動的。」

「或許有一天，他會感動妳的。」

「是的，我一直等待被男人感動，我不會感動男人。」緹緹說。

「誰願意感動男人？」沈魚說：「那麼艱苦。」

早上，沈魚從電視新聞報導裡看到一條樽鼻小海豚擱淺的消息。時至今天，動物學家仍然無法解釋海豚擱淺的原因，普遍以為海豚和蝙蝠一樣，會發出音波，接到音波反射後再行動。如果牠追魚到近海，會因海水混濁而使音波反射紊亂，不知方向，誤闖河川而在沙灘上擱淺。

還有另一種說法，海豚接近陸地，是為了到淡水洗澡，牠身上長了寄生蟲，而寄生蟲一碰到淡水便會死，所以海豚要冒險到陸地洗澡，不幸與寄生蟲玉石俱焚。

沈魚寧願相信第二種說法，像海豚那麼聰明的動物，仍然願意為泡一個淡水浴而冒生命危險。牠容不下身體上的瑕疵，寧願一死，也要擺脫寄生蟲。

政府將擱淺的小海豚交給海洋公園處理。

翁信良負責將海豚解剖，製成標本。

這天，沈魚走上翁信良的工作間，那條可憐的樽鼻海豚躺在手術枱上，等待被製成標本，四周散發著一股血腥味。

「關於海豚擱淺，還有第三種說法嗎？」沈魚捏著鼻子問翁信良。

「也許是牠不知好歹，愛上了陸地上的動物，卻不知道自己在陸地上是無法生存的。」翁信良笑著說。

「陸地上的動物？會是什麼？人類？無論如何，這個說法比較感人，海豚為愛情犧牲了，不幸被製成標本，肉身不腐，一直留在世上，看顧牠所愛的人。」沈魚說。

「妳好像很多愁善感。」翁信良說。

沈魚吹出翁信良教她的那一串音符。

「已經學會了？」

「當然啦！」沈魚伸手去撫摸手術枱上的海豚：「可能牠生前也聽過。」

翁信良吹出同一串音符。

沈魚和音。

「牠大概沒想到死後可以聽到這首輓歌。」翁信良拿起海豚的尾巴搖了兩下。

沈魚後悔為什麼她不肯向緹緹承認自己喜歡翁信良。她可以騙緹緹，但騙不到自己。

「妳看！」翁信良指著窗外。

是緹緹在半空跟他們揮手。

翁信良的工作間就在跳水池旁邊，他可以從這個窗口看到緹緹攀上九十米高空，然後看到她飛插到水裡。她幾乎每天都在他的窗前「經過」。

沈魚跟緹緹揮手，她發現翁信良看緹緹的目光是不同的。

「我走了。」

「再見。」

「再見。要花多少時間才可以把牠製成標本？」

「大概半個月吧。」

「到時讓我看看。」

「好的。」

窗外，緹緹「經過」窗口，飛插到水裡。

翁信良已經有三年沒有談過戀愛了。三年前，他那個在機場控制塔工作的女朋友向他提出分手，她愛上了別人，他請求她留下來，但她對他說：

「如果我對你仁慈，就是對自己殘忍。我想我是從來沒有愛過你。」

這一句話，刻骨銘心，一個跟他相戀五年的女人竟然說從來沒有愛過他。

就在這個時候，一位日本的舊同學問他是否願意到那邊的海洋公園當獸醫。

這三年，剛好治療一段愛情創傷。磨蝕一段愛情的，是光陰，治療愛情的創傷的，也是光陰。

他沒有帶著希望回來，但，緹緹在這個時候出現了，在他剛好忘記愛情創傷的時候出現，必然有一種意義。

這一天晚上，翁信良找到一個藉口打電話給緹緹。

他是獸醫，當然從動物入手。

「咕咕的腸胃炎怎麼樣？沒事了吧？」

「沒事，牠現在很好。」

「我有一些維他命給牠，可以令身體強壯一點，要不要我拿來給妳？」

「這麼晚，不用了，明天我找你。」

翁信良失望地掛線，緹緹也許不是喜歡他，她只是對人比較熱情而已。

「是誰？」沈魚問緹緹。這天晚上，她正在緹緹家裡。

「是翁信良，他說有些維他命給咕咕。」

「他是不是追求妳？」沈魚有點兒酸溜溜。

「我不知道。」

咕咕被關在浴室裡，間歇性地發出吠聲，每次沈魚來，緹緹都把牠關起來，因為沈魚對狗毛敏感。

「妳不能察覺他是不是對妳有意嗎？」沈魚問緹緹。

「妳知道我還沒有忘記鯨岡。」

「妳和鯨岡只是來往了三個月，這件事已經過了三年，妳不要再為他放棄其他機會。」

「妳說得對，我和鯨岡在那三個月裡見面的次數並不多，我都寫在日記上，可是他死了，死得那樣慘，我沒法忘記他。」緹緹哽咽。

「妳又來了！」沈魚抱著緹緹：「真巧，翁信良也曾經在日本海洋公園工作。」

「所以我很怕他。」

「如果妳不喜歡他，就不會害怕，也用不著逃避。」沈魚一語道破。

「沒有人可以代替鯨岡的，有時我也恨他，只給了我那麼少時間，卻佔據著我的生命。」

「愛情不是由時間長短來衡量深淺的。咕咕又再吠了，把牠放出來罷，我走了。」

「要我送妳去坐車嗎？」

「不用了。」

沈魚離開緹緹的家，孤獨地等下一班專線小巴回家。

與日本海洋公園都有一段淵源的緹緹和翁信良，也許是命運安排他們相識吧，沈魚只能成為局外人。

即使她已經愛上翁信良，只是一廂情願而已。

緹緹翻開三年前的日記，日記裡夾著一張鯨岡穿泳褲站在泳池旁邊的照片。她和鯨岡在日本認識，那一年，她隨隊到日本表演，兩個人在海洋公園邂逅。一個月後，她來了香港，鯨岡來了幾次探望她。兩個人見面的次數還不超過十次，感情十分要好，也許是因為大家都從事亡命工作，同樣是黃種人吧。鯨岡長得很好看，他最後一次來香港時，緹緹拒絕了他，沒有跟他上床。她不是不喜歡他，她只是覺得第一次應該拒絕，那才表示她對這段情是認真的。那天晚上，他們只是接吻，赤身擁抱，睡到天亮。

第二天，緹緹送鯨岡到機場，她還記得他入關前向她揮手，他答應下次到巴黎跟她會合。可是，回到日本的第二天，他表演時失手，頭顱爆裂。

他死得很慘。緹緹一直後悔那天晚上沒有答應跟他睡，在那以後，她多麼想跟他睡，也不可能了。

早上，翁信良回到辦公室，緹緹正在跟大宗美聊天。

「早。」緹緹跟翁信良說。

「早。」

「是不是有維他命給我？」

「哦，是的。」其實維他命只是一個藉口，翁信良連忙在抽屜內找到一排給動物服用的維他命C，「可以增加身體抵抗力。」

「謝謝你。」

這一天以後，緹緹每一次在翁信良工作間的窗外「經過」時，翁信良仍然聚精會神地看著，但緹緹站在高台上時，已經不再跟他打招呼了。他不大了解她，或許她有男朋友吧。

沈魚餵海豚吃沙丁魚，把一尾一尾小沙丁拋進牠們口裡。

「讓我來幫忙。」翁信良拿了一尾沙丁，轉了兩個圈，反手將沙丁拋給翠絲，翠絲用口接住了。

「又是你的獨特招數？」沈魚笑說。

「要不要我教妳？」翁信良示範一次。

沈魚照著做，結果把沙丁魚拋到水裡。

「不行，我不行。」

「這麼容易放棄，不像妳的性格。」

「我是說今天不行，明天也許做得到呢。」

「妳差不多時間下班了。」翁信良看看劇場大鐘。

「你想請我吃飯？」

「好呀！妳想吃什麼？」

沈魚有些意外。

「在纜車上再想吧！」沈魚說。

沈魚跟翁信良一起坐纜車。翁信良閉上雙眼，沉默不語。沈魚很奇怪，他為什麼閉上眼睛？好像要接吻似的。

「你幹什麼？」

「沒事。」翁信良依然閉上眼睛。他不好意思告訴沈魚他有懼高症。

沈魚莫名其妙，既然翁信良閉起眼睛，她正好趁這個機會正面清清楚楚地看他。他的眼睫毛很長，眉濃，鼻子挺直，皮膚白皙，她倒想吻他一下。

纜車到站，翁信良鬆了一口氣。

「緹緹今天休假，要不要找她？」沈魚試探他。

「隨便妳吧。」

沈魚打電話給緹緹，家裡沒有人聽電話，她心裡竟然有點兒高興。

「她不在家裡，又沒有傳呼機，找不到她。」

「我們兩個人吃吧，妳想到吃什麼菜了嗎？」

「去淺水灣海灘餐廳好不好？」

「好。」

「你等我，我去換衣服。」

沈魚走進更衣室洗澡，她竟然跟翁信良單獨約會，這是她意想不到的事。

那頭捲髮總是弄不好，她突然有點兒氣餒。

從更衣室出來，翁信良在等她。

「可以走了吧？」

「不去了。」沈魚說。

「為什麼？」翁信良愕然。

沈魚指著自己的捲髮說：「好像椰菜娃娃。」

翁信良大笑：「妳是天生捲髮的嗎？」

沈魚點頭。

「天生捲髮的人很兇的呢。」

「是嗎？」

「因為我也是天生捲髮的。」
「是嗎？」沈魚看看翁信良的頭髮，「不是。」
「捲的都剪掉了。妳的髮型其實很好看。」
「真的嗎？」
「真的，比達摩祖師好看。」翁信良忍俊不禁。
「去你的！」沈魚拉著翁信良的衣服要打他，翁信良逃走。
「你別想走。」沈魚拉著翁信良，用腳踢了他一下。
「要命！好了，現在可以去吃飯了嗎？」
「可以了。」
沈魚推了翁信良一下，翁信良用手壓一下她的捲髮：「這樣就好看了。」
週五晚上，天氣比較暖和，只是風仍然很大，淺水灣的海灘餐廳人客疏落。
「妳常常來這兒嗎？」翁信良問沈魚。
「也不是，偶然會跟緹緹來。」
「緹緹沒有男朋友嗎？」

沈魚這時才明白翁信良請她吃飯的目的。

「你想追求她？」

「如果她已經有男朋友，我會放棄。」

「她沒有男朋友。」

「真的？」

「但情況可能比有男朋友更糟。」

「為什麼？她不是有女朋友吧？」

沈魚失笑，故意一本正經跟翁信良說：「你答應要守祕密。」

翁信良惆悵地點頭。

「我和緹緹是戀人。」

「哦。」翁信良尷尬地點頭：「我看不出來。」

「我們都受過男人的傷害，不會再相信男人。我很愛緹緹，緹緹也愛我。」

「不用說了，我明白。」

沈魚噗哧一聲大笑：「你真的相信？」

「妳以為我會相信嗎？」翁信良莞爾。

「你好像相信。」

「妳的眼睛騙不到我，而且妳雖然粗魯一點，卻不像那類人。」

「我沒騙你，緹緹的情況的確是比有男朋友更糟，她的男朋友三年前死了。」

「為什麼會死？」翁信良震驚。

「意外。他是跳水員，三年前在日本表演時失手。那時他們不過來往了三個月。」

「日本？他是日本人？」

「嗯。」

「是不是姓鯨岡的？」

「你怎麼知道？」

翁信良不敢相信世事竟然如此巧合。

「我親眼看到意外發生。」

第二天早上，翁信良回到辦公室，緹緹已經在等他。

「沈魚說你親眼看到意外發生。」

翁信良難過地點頭。

「當時的情況是怎樣的？」

「妳要我向妳形容一次？」翁信良實在不忍心把那麼恐怖的情景再說一遍。

緹緹點頭。

「他落水的位置錯了，跌在池邊。」翁信良不想再說下去。

緹緹的眼淚湧出來。

「別這樣。」翁信良不懂得怎樣安慰她。

緹緹掩著臉抽泣。

翁信良找不到紙巾，把自己的手帕遞給她。

「為什麼妳還有勇氣繼續跳水？」

「生活總是要繼續的。」

「你們感情很要好？」

「如果他沒有死，也許我們會繼續一起，又或者分手，或者像大部分的情侶一樣，平平淡淡地過日子。我不知道，對不起，這條手帕我洗乾淨之後還給你。」

「不用急。」

「謝謝你。表演要開始了。」

「妳真的沒事吧？」翁信良有點兒擔心。

緹緹搖頭。

翁信良目送緹緹離去，他站在窗前，看著她回到跳水池歸隊。一個跳水員從高空躍下，插入水中，贏得熱烈掌聲。緹緹攀爬到高台上，「經過」翁信良的窗口時，她沒有向他揮手，只是看了他一眼。緹緹越攀越高，終於到了九十米的高台，她孤清清地站在那兒，翁信良突然有一種不祥的感覺。他衝出辦公室，幾乎是滾下樓梯，希望阻止緹緹跳下來。這個傷心的女人可能會用這個方法殉情。

翁信良衝到跳水池，看到緹緹在九十米高空上向群眾揮手。

「不要跳！」翁信良在心裡高呼。

說時遲，那時快，緹緹三百六十度轉體墜下。

翁信良掩著臉不敢看。他聽到一聲清脆的插水聲，觀眾鼓掌。緹緹安然無恙冒出水面。

緹緹爬上水面，看到翁信良，他滿臉通紅，不停地滴汗。翁信良看到她安全上岸，舒了一口氣。此刻兩個人四目交投，翁信良知道他原來是多麼緊張她。

「妳沒事吧？」

「我不會死的。」緹緹說。

緹緹又回到跳水的隊伍裡，她知道這個男人在乎她。翁信良的確令她想起許多關於鯨岡的事，而他竟然是親眼看著鯨岡死的人，世事未免太弄人了。

翁信良怏怏地回到工作間，他剛才的樣子一定很狼狽，竟然以為緹緹會殉情。緹緹對他忽冷忽熱，原來是心裡有另一個人，那個人所佔的份量一定很重。

「這個星期天你有空嗎？」穿上T恤的緹緹出現在他面前。

翁信良嚇了一跳：「妳什麼時候進來的？」

「你在想什麼？」緹緹問他。

「沒什麼。」翁信良笑笑。

「這個星期天有空嗎？」

「什麼事？」

「我想請你吃飯。」

「吃飯？」
「星期天是我的生日。」
「是嗎？」
「沈魚也會來。」
「好，我一定到。」
「我在好萊塢星球訂了位，七時正。」
「好的。」
「不用帶禮物來。」緹緹說。
翁信良好像又有了一線希望。那個男人已經死了，他不可能鬥不過一個死人吧？剛才看到她哭，他的心都軟了。男人的俠義心腸真是累事。
緹緹跑到更衣室洗澡。鯨岡已經死了三年。三年來，她頭一次對另一個男人有感覺。翁信良親眼看著鯨岡死去，會不會是鯨岡要他帶一個口訊回來？她不知道，但再一次提起鯨岡，竟然令她比以前容易放下這件事。她現在很想給別人，給自己一個機會。

星期天晚上七時，翁信良準時到達好萊塢星球，這裡人頭湧湧，音樂強勁。他看到緹緹和沈魚向他招手。

「生日快樂。」翁信良提高嗓門對緹緹說。

「謝謝你。」

「有沒有帶禮物來？」沈魚問翁信良。

緹緹拍了沈魚一下：「別這樣。」

「我不知道這個地方是這樣的，我還是頭一次來。」

「有什麼問題？」緹緹奇怪。

「這份禮物不大適宜在這個地方出現。」翁信良說。

緹緹和沈魚的好奇心被挑起了：「到底是什麼東西？」

翁信良把手伸進褲袋裡，掏出一件東西。

緹緹和沈魚定睛望著他。

翁信良攤開手掌，一隻黃色羽毛的相思站在他的手掌上，這小東西受了驚嚇，不停在打顫。

「哇！好可愛。」緹緹用手接住相思，再用一條餐巾把牠裹著。

「妳是女飛人，所以送一份會飛的東西給妳。」翁信良說。

「謝謝你。」緹緹抱著相思，問沈魚：「是不是很可愛？」

沈魚突然覺得自己像個局外人。雖然來這裡之前，她已經有了心理準備，翁信良喜歡的是緹緹，但她沒有想到他們兩個人會進展得這麼快。緹緹似乎已經準備接受翁信良。

「我去買一個鳥籠。」沈魚站起來說。

「這麼晚，哪裡還有鳥籠？」緹緹說。

「一定可以找到的，不然牠在這裡飛走了便很難找到牠。」沈魚邊說邊走，她只是找個藉口逃走，她覺得今天晚上根本不需要她。

沈魚在電話亭打電話給王樹熊。

「喂，王樹熊嗎？你十分鐘內來到尖沙咀地鐵站，我在那裡等你。」她很想很想呼喝另一個男人。

「十分鐘？怎麼可能？我住在香港，三十分鐘好嗎？」可憐的王樹熊說。

「十分鐘內不見你，我們就完了。」沈魚掛了電話。她知道他根本沒有可能來到。

沈魚在地鐵車站看著腕錶，十分鐘剛到，她竟然看見王樹熊出現，他頭髮蓬鬆，身上襯衫的鈕釦全扣錯了，運動褲前後倒轉來穿，腳上只穿拖鞋，沒可能的事，他竟然做到了。

「沈魚！」王樹熊興奮地叫她。

沈魚別轉臉，衝進車裡，企圖擺脫他。

王樹熊衝進車廂，車廂裡的人看著他一身打扮，紛紛投以奇異目光，王樹熊尷尷尬尬地不斷喘息。這個王樹熊，沈魚曾經因為寂寞而和他交往，可是她不愛他，他卻為她一句話趕來。

「什麼事？」王樹熊問沈魚，他愛這個女人。但愛上她不是最痛苦的，知道她不愛自己才是最痛苦。

沈魚不知道說什麼好，她沒想過他會來，她只是想虐待他。

「到底有什麼事？」王樹熊關切地問她。

沈魚突然想起了：「我想買鳥籠。」

王樹熊不禁失笑：「妳找我找得這麼急，就是要買鳥籠？妳要鳥籠有什麼用？」

「當然有用。」

「這麼晚，哪裡還有鳥籠賣？」

「總之我一定要買到。」沈魚堅持。

「試試看吧。」王樹熊無奈。

王樹熊帶著沈魚來到專門賣鳥兒的康樂街，店都關門了，只聽到店內傳來鳥兒啾啾的叫聲。

「妳看，都關門了。」

「到別處去。」沈魚說。

「如果這裡沒有，別處也不會有。」

「我一定要帶著鳥籠回去的。」

「妳買了一隻什麼鳥？」

「你看！」沈魚看到一個老翁推著一輛木頭車，上面放著很多鳥籠和不同的鳥兒。

「奇怪？這個時候還有人？」王樹熊說。

「這個鳥籠要多少錢？」沈魚問老翁。

「一百二十元。」

沈魚看到鳥籠裡有一隻相思，這隻淡黃色羽毛的相思和其他相思不同，牠非常安靜地站著，沒有唱歌。與其說安靜，倒不如說悲哀，是的，牠好像很不快樂。

「這隻相思要多少錢？」

「不用錢，妳要的話，送給妳。」老翁說。

「為什麼？」沈魚奇怪。

「牠不唱歌，賣不出去的。」

「牠很有性格呀！」沈魚說。

「沒有人會買不唱歌的相思的。」王樹熊說。

「我就是喜歡。謝謝你，老伯伯。」沈魚拿起鳥籠。

沈魚拿著兩個鳥籠，一個是空的，一個載著一隻暫時還不唱歌的相思，在彌敦道漫無目的地步行。

「妳要去什麼地方?」王樹熊問她。
「我想找個地方坐下來。」
沈魚和王樹熊坐在球場的石級上。
球場上,兩隊女子足球隊正在進行比賽。
「我最怕看女子踢足球。」王樹熊說:「她們大部分都有腳毛,妳看!」
一個背影像男人的女球員獨個兒帶球射入龍門,竟然給她入了一球。
沈魚站起來高喊了一聲。
「妳今天晚上幹什麼?妳是不是失戀?」王樹熊問沈魚。
「為什麼以為我失戀?」沈魚不肯承認。
「只有失戀的女人才會這樣。我敢肯定這個球場上有超過一半的女人都是失戀的,如果不是受了刺激,她們不會跑去踢足球。」
沈魚大笑:「失意時能看到你真好!」
「能在妳失意時陪妳真好。」王樹熊說。
「我沒事了!回去吧。」沈魚提起兩個鳥籠說:「這隻相思暫時放在你家,我改天來拿。」

沈魚提著鳥籠回來的時候已差不多十二時：「鳥籠買來了。」

「妳去了哪裡？」緹緹問她：「我們一直擔心妳。」

「我在街上遇到朋友，一起去喝茶。」沈魚說。

「妳總是這樣的。」緹緹沒好氣。「我們等妳切蛋糕。」

「現在可以了。」沈魚說。

緹緹把相思關進籠裡。沈魚不在的時候，她跟翁信良談了很多，卻又忘記了說過些什麼，也許這就是所謂情話。

「這麼晚也能買到鳥籠，妳真有本事。」翁信良說。

「可以開始切蛋糕了吧？我叫侍應生拿蛋糕來。」沈魚說。

「讓我去叫。」翁信良說。

「妳真的遇到朋友？」緹緹問沈魚。

「我為什麼要騙妳？」沈魚故作輕鬆：「你們剛才有沒有跳舞？」

緹緹臉上竟然有點兒羞澀：「有呀！他這個人滿有趣的，雖然是獸醫，但是不會只談動物的事。」

翁信良回來了，侍應生捧著生日蛋糕來，蛋糕上點了一支蠟燭。沈魚和翁信良一起唱生日歌。

緹緹吹熄了蠟燭。

「出去跳舞好不好？」緹緹問沈魚。

「妳和翁信良去跳吧。」沈魚說。

「一起去吧！」翁信良說。

這個時候，舞池上播放慢歌。

「慢歌只可以兩個人跳，你們去吧。」沈魚說。

「那好吧。」緹緹說。

緹緹和翁信良在舞池上跳舞。

「謝謝你的禮物。」緹緹跟翁信良說。

「如果妳有一雙翅膀，我便不用擔心妳。」

「你為什麼要擔心我？」

翁信良說不出來。

「如果我突然長出一雙翅膀，一定很可怕。」緹緹笑說：「要很大的一雙翅膀，才能承托我的體重。」

「黃蜂的翅膀和牠的身體不成比例，黃蜂體大翼小，依據科學理論來說牠是飛不起的。可是，黃蜂卻照樣飛，管牠什麼科學理論。」

「我也想做一隻黃蜂，可惜我是人，人是沒有翅膀的。」緹緹哀傷地說。

翁信良把手放在緹緹的背部，緹緹把下巴擱在他的肩膀上，像一對熱戀中的情侶在跳舞。

沈魚獨個兒吃生日蛋糕，翁信良和緹緹在舞池上流連忘返，他們大概在說著不著邊際的情話。

緹緹與翁信良回來了。

「沈魚，妳和翁信良出去跳舞。」緹緹說。

「不用了。」沈魚說。她不想變成不受歡迎的人。

「去吧！」緹緹把她從座位上拉起來。

「賞臉跟我跳一支舞好嗎？」翁信良笑著說。

沈魚覺得要是再拒絕，他們一定會懷疑她，她跟著翁信良到舞池。翁信良一隻手握住她的一隻手，另一隻手輕輕地放在她的腰肢上。沈魚故意裝出一副很輕鬆的樣子。

「你是不是想追求緹緹？」

翁信良笑而不答。

沈魚心下一沉。

「也許這就是緣分吧。我的意思不是說我目睹鯨岡意外死亡。」翁信良說：「緹緹是我第一天到海洋公園碰到的第一個女孩子，她站在九十米高空向我揮手。」

原來如此。

沈魚一直以為自己是翁信良碰到的第一個女孩子，原來是第二個。命運安排她在緹緹之後出現。緹緹的出場也是經過上天安排的，她在九十米高空上，驚心動魄，而沈魚自己，不過和海豚一起，是一個多麼沒有吸引力的出場！

離開好萊塢星球，翁信良跟沈魚說：「我先送妳回家。」

他當然想最後才送緹緹。

「我自己回去可以了，你送緹緹吧。」沈魚向翁信良打了一個眼色，裝著故意讓他們兩人獨處。

「我們不是要一起過海嗎？」緹緹拉著沈魚的手：「說什麼自己回去！」
結果還是沈魚先下車，翁信良送緹緹回家。
「這隻相思為什麼不唱歌？」緹緹問翁信良。
「牠不是夜店歌手。相思通常在早上唱歌。」
「還有三個小時才會天亮哩！」
「如果去海灘，可能會早點看到日出。」
「好呀！我們去海灘等相思唱歌。」
兩個人其實都不想分手，終於找到一個藉口繼續一起。
緹緹和翁信良摸黑來到沙灘。緹緹把鳥籠放在救生員的瞭望台下面。
「上去瞭望台看看。」緹緹跟翁信良說。
這個瞭望台足足有十米高。
「如果我要你跳下去，你會嗎？」緹緹問翁信良。
翁信良探頭看看地面，胸口有點兒作悶。
「你會嗎？」緹緹問他。
翁信良攀出高台外面。

「你幹什麼？」緹緹嚇了一跳。
「妳不是想我跳下去嗎？」
「你別跳！你不是有懼高症的嗎？」
「可是妳想我跳下去。」
「我隨便說說罷了。」緹緹拉著翁信良雙手。
她沒想到他竟然願意跳下去。
「回來。」緹緹跟翁信良說。
翁信良一手扶住欄杆，一手輕輕撥開緹緹臉上的頭髮，在她唇上吻了一下，然後再一下。他的腿在抖顫，他站在十米高台外面，卻竟然能夠和一個女人接吻。這一連串的吻充滿愉悅和刺激。
這天在更衣室一起沐浴時，緹緹興奮地告訴沈魚：「我跟翁信良在談戀愛。」
沈魚心裡難過得像被一塊石頭打中了。
「他是鯨岡之後，第一個令我有感覺的男人。」

「妳有多愛他？」

「妳應該問，我有多麼不想失去他。」

「緹緹，妳總是不會愛人。」

「愛人是很痛苦的，我喜歡被愛。」

「是的，愛人是很痛苦的。」

「可惜我四個月後便要到美國表演，到時便要跟翁信良分開一年。」

「這麼快就不捨得了？」沈魚取笑她。

「妳跟王樹熊怎樣？」

「他？我和他只是朋友。」

「我也想看到妳找到自己喜歡的人。」

沈魚在蓮蓬頭下無言。

「妳這個週末有空嗎？」緹緹問她。

「當然有空啦，我沒有男朋友嘛。」

「一起吃飯好不好，山頂開了一間新的餐廳。」

「很久沒有去過山頂了。」

在山頂餐廳，她看到三個人——翁信良、緹緹和一個笑容可掬的年輕男人。

「沈魚，我介紹妳認識，這是我的好朋友馬樂。」翁信良說這句話時，跟緹緹曖曖昧昧地對望。

那個叫馬樂的男人笑得很開心，他有一張馬臉，他第一眼看到沈魚便有好感。

沈魚恍然大悟，翁信良想撮合她和這個馬臉男人，他自己找到幸福了，於是以為沈魚也需要一個男人。

馬樂說話很少，但笑容燦爛，燦爛得像個傻瓜。

「馬樂是管弦樂團的小提琴手。」翁信良說。

「你們兩位有一個共通之處。」緹緹說：「都喜歡笑。」

沈魚咯咯大笑，馬樂笑得眼睛瞇成一條線，沈魚心裡卻是無論如何笑不出來。沈魚雖然喜歡笑，但她喜歡不笑的男人，成天在笑的男人，似乎沒有什麼內涵。沈魚喜歡沉默的男人，最好看來有一份威嚴，甚至冷漠，但笑起來的時候，卻像個孩子，翁信良便是這樣。

點菜的時候，馬樂問沈魚：「妳喜歡吃什麼？」

「她和海豚一樣，喜歡吃沙丁魚。」翁信良代答。沈魚留意到翁信良這時候牽著緹緹的手，緹緹的笑容陡地變得溫柔。

「不，我要吃牛排，要三成熟，血淋淋那種。」沈魚故意跟翁信良作對。

「我也喜歡吃生牛肉，我陪妳。」馬樂說。

緹緹提議沈魚和她一起到洗手間。

「妳是不是怪我們為妳介紹男孩子？」緹緹問她：「馬樂並不令人討厭。」

「我不討厭他。」沈魚說。

「妳說不喜歡王樹熊，所以我看到有好男人，便立即介紹妳認識。」

「我真的很想戀愛啊！」沈魚走入廁所。

「我們可以同時戀愛的話，一定很熱鬧。」緹緹在外面說。

沈魚在廁所裡笑不出來，王樹熊、馬樂，這些無關痛癢的男人總是在她身邊出現。

沈魚從廁所出來說：「我或許會喜歡他的，只要他不再常常笑得那麼開懷。」

離開洗手間之後，沈魚決定要這個男人，因為翁信良認為這個男人適合她，既然如此，她決定愛他，做為對翁信良的服從，或報復。跟他賭氣，是愛他的方法之一。

沈魚決定要馬樂，因此當馬樂第一次提出約會，她便答應。他們在中環一間小餐館吃飯。

「你跟翁信良是好朋友？」沈魚問馬樂。

「我和他從小已認識。」馬樂說：「他一直很受女孩子歡迎。」

「是嗎？」

「他從前的女朋友都是美人。」

「翁信良說，有一個是在機場控制塔工作的。」沈魚說。

「哦，是的。」

「她愛上了別人，所以把翁信良甩掉？」沈魚說。

「不是這樣的。」馬樂說：「一段感情久了，便失去火花，女人總是追求浪漫。」

「他不浪漫？」

「妳認為他算不算浪漫？」

「這個要問緹緹。沒想到翁信良會被人遺棄。」沈魚笑說。

「任何人也有機會被遺棄。」

「你呢？」

「我沒有機會遺棄人，通常是別人遺棄我。」

沈魚失笑。

「我女朋友便是不辭而別的。」

「為什麼？」

「也許是她覺得我太沉悶吧。有一天，我在街上碰到她，她已經嫁人了，看來很幸福。我一直以為，如果我再碰到她，她一定會因為悄悄離開我而感到尷尬，可是，那一天，尷尬的竟然是我。」馬樂苦笑。

「在女人的幸福面前，一切都會變得渺小。」沈魚說。

這一天有點不尋常。

清早，緹緹來到海洋劇場找沈魚。

「這麼早？」沈魚奇怪。
「我昨天晚上睡不著。」
「為什麼？」
「他向我求婚。」
「誰？」沈魚愕然。
「當然是翁信良！」
「這麼快？」
「我自己也想不到會進展得這麼快。」
「妳想清楚沒有？」
「我們都覺得找到自己喜歡的人，便沒有理由再等下去。」
「妳已經答應了他？」
「我還有四個月便要到美國，到時便要跟他分開一年。嫁給他，我以後會留在香港，或許不再跳水了。」
「妳愛他嗎？」
緹緹點頭。

「恭喜妳。」沈魚跟緹緹說。

「謝謝妳。翁信良想請妳和馬樂吃飯，明天晚上妳有沒有空？」

「可以的。緹緹，真的恭喜妳。」

「我也想不到他會在這個時候出現。」

沈魚的確由衷地祝福緹緹。甲喜歡乙、乙喜歡丙，愛情本來就是這樣。

翁信良在好萊塢星球訂了位。

「這裡是我和緹緹開始拍拖的地方。」翁信良跟馬樂和沈魚說。

「有人肯嫁給你，你真幸福！」馬樂說。

「你加把勁，也許有人肯嫁給你。」翁信良向馬樂眨眨眼。

沈魚心裡納悶，這個翁信良，竟然以為她喜歡馬樂。

「選了婚期沒有？」沈魚問緹緹。

「他媽媽選了二月十四日。原來今年情人節也是陽曆的情人節。」

「情人節結婚，滿浪漫啊！這種好日子，很多人結婚的，可能要在註冊處門外露宿哩！」

「不是吧？」翁信良嚇了一跳。
「三個月前便要登記，那即是說，這幾天便要登記。」馬樂說。
「你為什麼這麼清楚？你結過婚嗎？」沈魚問他。
「我問過的，我以前想過結婚的。」馬樂苦笑。
「三個月前登記，今天是十一月十二日，豈不是後天便要去登記？」緹緹說。
「不對，明天晚上便應該去排隊。」馬樂說：「妳別忘了妳選了一個非常繁忙的日子。」
「明天不行，明天是我舅父的生日，我要和翁信良去參加他的壽宴，怎麼辦？」緹緹問翁信良。
「我替你們排隊。」沈魚說。
「妳？」翁信良詫異。
「只要在註冊處開門辦公之前，你們趕來便行。」
「我們不一定要選那一天的。」緹緹說。
「我希望你們在好日子裡結婚。」沈魚說。

沈魚希望為翁信良做最後一件事，她得不到的男人，她也希望他幸福快樂。

「既然伴娘替新娘排隊，我就替新郎排隊吧。」馬樂說：「不過明天晚上我有表演，要表演後才可以來。」

十一月十一日晚上，沈魚在八時來到大會堂婚姻註冊處排隊，她竟然看到有一條幾十人的人龍，有人還帶了帳幕來紮營。那些排隊的男女，雙雙對對，臉上洋溢著幸福，沈魚卻是為別人的幸福而來。

凌晨十二時，忽然傾盆大雨，沈魚完全沒有準備，渾身濕透，狼狽地躲在一旁。這時一個男人為她撐傘，是馬樂。

「這種天氣，為什麼不帶雨傘？」馬樂關心她。

沈魚沉默不語。

馬樂脫下外套，披在沈魚身上說：「小心著涼。」

「我不冷。」沈魚說。這一場雨，使她的心情壞透。

「翁信良如果明白妳為他做的事，一定很感動。」馬樂說。

沈魚嚇了一跳，不敢望馬樂，她沒想到馬樂看出她喜歡翁信良，但沈魚也不打算掩飾，多一個人知道她的心事，雖然不安全，卻能夠減低孤單的感覺。

「妳需不需要去洗手間？」馬樂問她。

沈魚沒想到這個男人連這麼細微的事也關心到。

「不。」

緹緹和翁信良在十一時四十五分來到。

「對不起，我們已經盡快趕來。」翁信良說。

「不要緊，反正這種事不會有第二次。」馬樂笑著說。

「累不累？」緹緹問沈魚。

「不累。」

「妳的頭髮濕了。」

「剛才下雨。」

「我和翁信良商量過了，下星期我會去巴黎探望我父母，順道買婚紗，還有，買一襲伴娘晚裝給妳。」緹緹說。

「翁信良不去嗎？」

「我剛剛上班不久，不好意思請假。」翁信良的手放在緹緹的腰肢上說。

「什麼時候回來？」沈魚問緹緹。
「兩個星期後。」
「你們回去吧，我和緹緹在這裡排隊好了，真想不到有這麼多人結婚。」翁信良說。
「我送妳回去。」馬樂跟沈魚說。
「謝謝妳。」翁信良跟沈魚說。
沈魚是時候撤出這幸福的隊伍了。
馬樂駕車送沈魚回家，又下著傾盆大雨，行雷閃電，沈魚一直默不作聲。
「如果我剛才說錯了話，對不起。」馬樂說。
「不。你沒有說錯話。你會不會告訴翁信良？」
「我為什麼要告訴他？」
「謝謝你。」
車子到了沈魚的家。
「要不要我送妳上去？」馬樂說。
「不用了，再見。」

沈魚看著馬樂離開，可惜她不愛這個男人。

沈魚回到家裡，餵籠裡的相思吃東西。這隻相思，從來沒有開腔唱歌，牠可能是啞的。沈魚吹著翁信良第一天來到海洋劇場對著海豚所吹的音符。相思聽了，竟然拍了兩下翅膀。

「他要結婚了。」沈魚跟相思說。

一個星期後，緹緹飛往巴黎。翁信良和沈魚到機場送機，入關的時候，翁信良和緹緹情不自禁擁吻，沈魚識趣地走到一旁。

「到了那邊打電話給我。」翁信良對緹緹說。

「沈魚，我不在的時候，替我照顧翁信良。」沈魚點頭。

翁信良駕車送沈魚回家。

「妳和馬樂怎樣？他很喜歡妳。」

「是嗎？」

「我不知道妳喜歡一個怎樣的男人？」

沈魚望著翁信良的側臉，說：「你很想知道？」

翁信良點頭。

「我自己都不知道。」

「嘗試發掘馬樂的好處吧，他倒是一個很細心的男人。」

沈魚沒有回答，她需要的，不是一個細心的男人，而是一個她願意為他細心的男人。

煙雨迷離的清晨，緹緹所乘的飛機在法國近郊撞向一座山，全機著火。

第二章 愛情的傷痛

一個女人，以她所有的愛和熱情發出一種聲音，
使得動物也為她傷痛。
只是，愛和傷痛，都會敗給歲月。

飛機撞山的消息瞬即傳到香港，機上乘客全部罹難。沈魚在夢中被馬樂的電話吵醒，才知道緹緹出事。

「新聞報告說沒有人生還。」馬樂說。

沈魚在床上找到遙控器，開著電視機，看到工作人員正在清理屍體，被燒焦的屍體排列整齊放在地上，大部分都血肉模糊，其中一條屍體蜷縮成一團，他死時一定掙扎得很痛苦，不會是緹緹吧？沈魚抱著枕頭痛哭。

「我找不到翁信良。」馬樂說：「他不在家，傳呼他很多次，他也沒有覆機，他會不會已經知道了？」

「他可能在緹緹家。他說過每天要去餵咕咕的。」

沈魚和馬樂趕到緹緹家。

「如果他還不知道這件事，怎麼辦？」沈魚問馬樂。

翁信良來應門，他剛剛睡醒，沈魚的估計沒有錯，他還不知道他和緹緹已成永訣。

「什麼事？」翁信良看到他們兩個，覺得奇怪。

「你為什麼不覆機？」

「我的傳呼機昨晚給咕咕咬爛了，我在這裡睡著了。你們這麼緊張，有什麼事？」

「你有沒有看電視？」馬樂問他。

「我剛剛才被你們吵醒。」

沈魚忍不住痛哭：「緹緹，緹緹……」

「緹緹發生什麼事？」翁信良追問沈魚，他知道是一個壞消息。

沈魚開不了口。

「緹緹所坐的飛機發生意外。」馬樂說。

翁信良的臉色變得很難看：「什麼意外？」

「飛機撞山，嚴重焚毀。沒有一個人生還。」馬樂說。

「緹緹呢？」翁信良茫然說。

「沒有一個人生還。」馬樂說。

翁信良整個人僵住了，在三秒的死寂之後，他大叫一聲，嚎哭起來。

緹緹的父母在法國，所以她在那邊下葬。沈魚陪翁信良到法國參加葬禮，翁信良在飛機上沒有說過一句話，也沒有吃過一點東西。

「至少她死前是很幸福的。」沈魚說：「懷著希望和幸福死去，總比絕望地死去好。」

「不。」翁信良說：「她從來沒有想過這樣死去的，她一直以為，她會因為一次失手，從九十米高空躍下時，死在池邊。」

「她從九十米高空躍下，從來沒有失手，卻死在飛機上，死在空中，這就是我們所謂的人生，總是攻其不備。」沈魚說。

在葬禮上，翁信良站在緹緹的棺木前不肯離開。緹緹的身體嚴重燒傷，一張臉卻絲毫無損。她穿著白色的紗裙，安詳地躺在棺木裡，胸前放著一束白色雛菊，只要她張開眼睛，站起來，挽著翁信良的臂彎，她便是一位幸福的新娘子。

回到香港以後，翁信良把咕咕、相思鳥和所有屬於緹緹的東西帶到自己的家裡。他躲在家裡，足不出戶，跟咕咕一起睡在地上，狗吃人的食物，人吃狗的食物。

那天早上，沈魚忍無可忍，到翁信良家裡拍門。

「開門，我知道你在裡面的。」

翁信良終於打開門，他整個人好像枯萎了，嘴唇乾裂，流著血水。
「你不能這樣子，你要振作。」
「振作來幹什麼？」翁信良躺在地上。
咕咕纏著沈魚，累得沈魚連續打了幾個噴嚏，相思也在脫毛，翁信良與這兩隻失去主人的動物一起失去鬥志。
沈魚把翁信良從地上拉起來：「聽我說，去上班。」
翁信良愛理不理，偏要躺在地上。
「緹緹已經死了。」沈魚哭著說。
翁信良伏在沈魚的身上，痛哭起來。
「她已經死了。」沈魚說。
翁信良痛苦地抽泣。
「我現在要把咕咕和相思帶走，你明天要上班。」沈魚替咕咕戴上頸圈。
「不要。」翁信良阻止她。
沈魚推開他：「你想見牠們，便要上班。」
沈魚把咕咕和相思帶回家裡，她對咕咕有嚴重的敏感症，不住的打噴嚏，唯有把牠關在洗手間裡。可憐的鬆獅大概知道牠的主人不會回來了，牠在洗手間裡吠個不停。沈魚想，她對咕咕的敏感症總有一天會痊癒的，人對同一件事物的敏感度是會逐漸下降的，終於就不再敏感了，愛情也是一樣，曾經不能夠失去某人，然而，時日漸遠，便逐漸能夠忍受失去。

現在她家裡有兩隻相思鳥，一隻不唱歌，一隻脫毛，是她和翁信良的化身。沈魚把兩個鳥籠放在一起，讓兩隻失戀的相思朝夕相對。

沈魚打電話給馬樂。

「你帶你的小提琴來我家可以嗎？」

馬樂拿著他的小提琴來了。

「為我拉一首歌。」沈魚望著兩隻相思說。

「妳要聽哪一首歌？」

「隨便哪一首都可以。」

馬樂把小提琴搭在肩上，拉奏布魯赫的第一號小提琴協奏曲第一樂章。馬樂拉小提琴的樣子英俊而神氣，原來一個男人只要回到他的工作台上，便會光芒四射。

脫毛和不唱歌的相思被琴聲牽引著，咕咕在洗手間裡突然安靜下來，沈魚坐在地上，流著眼淚，無聲地啜泣。

第二天早上，沈魚看到翁信良在海洋劇場出現。

「早安。」翁信良說。雖然他臉上毫無表情，沈魚還是很高興。

翁信良著手替翠絲檢查。

「翠絲最近好像有點兒跟平常不一樣。」沈魚用手替翠絲擦去身上的死皮。

「我要拿尿液檢驗。」翁信良說。

「你沒事吧？」沈魚問他。

「咕咕怎樣？」

「牠很乖，我對牠已經沒有那麼敏感了，你想看看牠？」

翁信良搖頭，也許他正準備忘記緹緹。

沈魚下班之後，跑到翁信良的工作間。

「翠絲的尿液樣本有什麼發現？」

「牠懷孕了。」翁信良說。

「太好了！牠是海洋公園第一條海豚媽媽。」

「牠是在一個月前懷孕的。」翁信良看著尿液樣本發呆：「剛剛是緹緹死的時候。」

「你以為緹緹投胎變成小海豚？」

「不會的。」翁信良站起來：「要變也變成飛鳥。」

「是的，也許正在這一片天空上飛翔，看到你這個樣子，她會很傷心。」

翁信良站在窗前，望著藍色的天空，一隻飛鳥在屋頂飛過。

「一起吃飯好不好？」沈魚問他。

「我不想去。」

「那我先走。」

沈魚走後，翁信良從口袋裡拿出三張票子，是三個月前，沈魚去買的歌劇門票，準備三個人一起去看，日期正是今天，緹緹卻看不到了，歌劇比人長久。

翁信良一個人拿著三張門票去看歌劇，整個劇院都滿座，只有翁信良旁邊的兩個座位空著，本來是緹緹和沈魚的。這個晚上，他獨個兒流著淚，在歌劇院裡抽泣，如同一隻躲在劇院的鬼魅。

他越來越相信，是鯨岡從他手上把緹緹搶走。
舞台落幕，翁信良站起來，他旁邊兩個座位仍然空著，緹緹不會來了，他哀傷地離開劇院。在劇院外面，有一個活生生的女人等他，是沈魚。沈魚微笑站在他面前。
「我知道你會來的。」
翁信良低著頭走，沈魚跟在他後面。
「妳為什麼跟著我？」
「你肚子餓嗎？我知道附近有一個地方很好。」
沈魚帶翁信良去吃燒鵝。
「這一頓飯由我作東。」
「好，很久沒有好好吃一頓了，可以請我喝酒嗎？」
「當然可以。」
翁信良不停地喝酒，原來他的目的不是吃飯，而是喝酒。
「不要再喝了。」沈魚說。
「我從前是不喝酒的，如今才發現酒的好處，如果世上沒有酒，日子怎麼過？」

「你為什麼不去死？」沈魚罵他。

沈魚扶著翁信良回到自己的家裡，咕咕看見翁信良，立即跳到他身上，翁信良擁抱著咕咕，滾在地上，把牠當作緹緹。

沈魚拿熱毛巾替翁信良敷臉。

翁信良喝得酩酊大醉，吐在沈魚身上。

「你怎麼了？」沈魚用毛巾替翁信良抹臉，翁信良不省人事，躺在地毯上。

沈魚脫掉身上的毛衣，翁信良睡得很甜，他有一張很好看的臉。沈魚餵他喝茶，他乖乖地喝了。沈魚脫掉內衣，解開胸罩，脫掉襪和褲，一絲不掛站在翁信良面前。這個男人從來沒有見過她的裸體，從來沒有擁抱過她，她是他在頭一天遇到的第二個女人，這是她的命運。沈魚替翁信良脫去衣服，他的身體強壯，肌肉堅實，她伏在他身上，翁信良抱著她，壓在她身上，熱情地吻她的臉和身體。

翁信良疲累地睡了，沈魚把毛毯鋪在他身上，牽著他的手，睡在他的身邊，她給了這個失戀的男人一場性愛，是最好的慰藉，如果他醒來要忘記一切，她也不會恨他。

翁信良在午夜醒來，看見沈魚赤裸睡在他的身旁，她緊緊地握著他的手，他的喉嚨一陣灼熱，很想喝一杯水，他在地上找到自己的外衣，把它放在沈魚的手裡，沈魚握著衣服，以為自己握著翁信良的手，翁信良站起來，穿上衣服，走到廚房，他找到一罐冰凍的可樂，咕嚕咕嚕地吞下去。

沈魚站在廚房門外，溫柔地問他：

「你醒了？」

「妳要喝嗎？」翁信良問沈魚。

「嗯。」沈魚接過翁信良手上的可樂，喝了一口。

沈魚望著翁信良，翁信良不敢正視她，他不知道該說什麼好。

沈魚的鼻子不舒服，連續打了兩個噴嚏。

「妳著涼了？」

「不，是因為咕咕。」

「妳家裡也有一隻相思？」翁信良在客廳裡看到兩隻相思。

「這隻相思是不會唱歌的。」

「不可能，不可能有不會唱歌的相思。」翁信良逗著籠裡的相思，牠果然不唱歌。

「沒有愛情，相思也不會唱歌。」

「我還是回家。」翁信良穿上衣服。

沈魚雖然失望，可是，她憑什麼留住這個男人呢？是她先伏在他身上的，男人從來不會因為一場糊塗的性愛而愛上一個女人，何況有另一個女人，在他心裡，有若刻骨之痛。

沈魚送翁信良離開，他們之間，突然變得很陌生。

「再見。」

「再見。」沈魚目送他走進電梯。

沈魚站在陽台上，看到翁信良離開大廈。

「翁信良！」

翁信良抬頭，沈魚攤開手掌，不唱歌的相思在他頭上飛過。她希望牠回到林中會歌唱。

翁信良看著相思在頭頂上飛過，沈魚為什麼也有一隻相思？而她從來沒有提及過。翁信良忽然明白，她原來也想要緹緹的禮物。相思鳥在他頭頂上飛過，沈魚在陽台上望著他離去，翁信良覺得肩膀很沉重，他想哭。

當馬樂找他喝酒的時候，他不知道該不該去，但還是去了。

「看見你重新振作，我很安心。」這個好朋友對他說。

翁信良只管喝酒。

「你有沒有見過沈魚？」馬樂問他。

翁信良點頭：「你和她——」

「看來她不愛我，她愛的另有其人。」

翁信良低著頭，連馬樂都知道她愛著自己，翁信良卻一直不知道。

沈魚騎在殺人鯨身上出場，贏得全場掌聲，只有在這個地方，她才感到被愛。在辦公室裡，沈魚接到翁信良的電話。

「今天晚上有空嗎？」

「嗯。」沈魚快樂地回答。

「我們一起吃飯。」

沈魚趕回家中換衣服，放走了沒有愛情的相思，愛情飛來了。

在餐廳裡，翁信良和沈魚一直低著頭吃飯。

「妳要甜品嗎？」翁信良問沈魚。

「不。」她心情愉快的時候不吃甜品。

翁信良要了一個西米布丁，他平常不吃甜品，但這一刻，他覺得該用甜品緩和一下氣氛。

「前天晚上的事，我們可不可以當作沒有發生過？」翁信良低頭望著面前的西米布丁。

沈魚抬頭望著他，氣得說不出話來，她痛恨這個男人。

「我不想害妳。」翁信良沉痛的說。他不想因為悲傷，而佔一個女人的便宜。可是，沈魚卻不是這樣想，她認為他反悔。

沈魚衝出餐廳，一直跑，跑回海洋劇場。翠絲因為懷孕被隔離了，以免力克不小心傷害胎兒。力克和曾經是情敵的米高在池裡嬉水，牠們又成為好朋友了。沈魚打開水閘，力克、米高和所有海豚同時游到大池，沈魚脫掉衣服，潛進水裡，她的自尊受到了極大侮辱，一個曾經進入她身體的男人對她說：

「那天晚上的事就當作沒有發生過吧！」

她知道未必有結果，卻想不到男人竟然那麼怯懦。

翠絲不甘寂寞，在池裡不斷發出叫聲，沈魚把水閘打開，讓翠絲游到大池，力克連忙游近翠絲，跟牠廝磨。沈魚留在水底裡，只有水能麻醉她的痛苦。在水底裡，她看到了血，是翠絲的血。沈魚連忙把力克趕開，翠絲痛苦地在水裡掙扎，血從牠下體一直流到水裡，然後化開。

沈魚唯有傳呼翁信良。

翁信良趕來替翠絲檢查。

「妳怎麼可以讓力克接近牠？」翁信良責怪她。

「翠絲怎樣了？」

「牠小產。」

關於翠絲小產的事，必須通知主任獸醫大宗美及海洋公園管理層。

「明天我會向大宗小姐解釋。」沈魚說。

「沈魚——」翁信良欲言又止。

「不用說什麼，我們之間從來沒有發生過任何事情，這點我很明白。」

翁信良欲辯無言，他只是不想欺騙一個女人，卻做得很笨拙。

第二天早上，沈魚向大宗美自動投案，但翁信良比她早一步。

大宗美怒罵翁信良：「你怎麼可以因為自己心情不好，便讓力克接觸翠絲？你知道一條小海豚的價值嗎？」

「對不起，我願意辭職。」翁信良向大宗美深深鞠躬。

「我會考慮你辭職的要求。」大宗美說。

「大宗小姐——」沈魚不想翁信良替她頂罪。

翁信良連忙搶白：「對不起，真的很對不起。」

「我要向主席報告這件事情。」大宗美說。

大宗美離開，沈魚望著翁信良，不知道是否應該多謝他，然而，若不是他，沈魚不會把翠絲放在大池，令牠小產。一條小海豚因他的怯懦而犧牲了。

「你以為你這樣，我們就可以打個平手嗎？」沈魚倔強地說。

「我沒有這個意思。」

「那真是謝謝你。」沈魚掉頭走。

翁信良無可奈何，他向來不了解女人。如果沒有遇上緹緹，他也許會愛上沈魚的，她是一個很特別的女人。

晚上，沈魚餵咕咕吃飯，脫毛的相思經過翁信良的治療後，已經痊癒，卻顛倒了日夜，快樂地唱著歌。沈魚把洗好的衣服掛在陽台上，那件毛衣，是翁信良那夜吐過東西在上面的，沈魚抱著毛衣，用鼻子去嗅那件毛衣，毛衣上有一股衣物柔順劑的花香味，沈魚卻企圖嗅出翁信良口腔裡的味道。

門鈴響起，難道是翁信良？不，是馬樂。

「我剛在附近探朋友，來看看妳。」

「為什麼不先打電話來？」

「我怕妳叫我不要來。」馬樂直率地說。

沈魚失笑：「喝茶好嗎？」

「嗯。」

沈魚泡了一杯茶給馬樂。

「馬樂，你愛我嗎？」沈魚問他。

「不愛。」馬樂說。

沈魚很意外，她以為馬樂會哀痛地說：

「愛。」

她想從他身上得到一點慰藉，想不到連這個男人都背叛她。

「這不是妳想聽到的答案，對不對？」馬樂問她：「如果我答愛的話，妳會快樂嗎？我想不會，因為妳愛的人不是我。」

沈魚無地自容，伏在陽台的欄杆上。

「我永遠不可能成為翁信良，妳也永遠不可能成為緹緹。」

「我從來沒有想過成為緹緹。」

「但妳不會拒絕做她的代替品。」

是的，翁信良和她纏綿的時候，是把她當作緹緹的。為了得到他，她扮演緹緹。

在馬樂面前，她堅決否認：「緹緹比我幸福，她在一個男人最愛她的時候死去。我永遠不會是她。」

「沈魚，妳是一個很好的情人，卻不是一位好太太。」

「為什麼？」

「妳會傾盡所有愛一個人，但跟妳生活卻是一個負擔。」

「所以你也不愛我？」

「妳根本不需要我愛妳，妳知道我喜歡妳的。」馬樂溫柔地說。

沈魚在陽台上看著馬樂離去，感覺跟看著翁信良離去是不一樣的，沒有愛情，背影也沒有那麼動人。

她決定從明天開始放棄翁信良。為什麼要從明天開始？她想用一個晚上眷戀他。

第二天早上，沈魚抖擻精神回到海洋劇場，翁信良比她早到，他替翠絲檢查，牠的情況已經穩定。

「早安。」翁信良溫柔地跟沈魚說：「那天晚上的事，對不起，我的意思不是想當作沒事發生。」

她拒絕他的時候，他卻回來了。

「我可以當作沒事發生的。」沈魚跳進池裡，跟力克游泳。

翁信良站在岸上，不知道說什麼好。女人在愛上一個男人之後會變蠢，而男人在不知道如何安慰一個女人的時候，也是很蠢的。

沈魚故意不去理會翁信良，翁信良失望地離開海洋劇場，沈魚在水裡一直看著他離去的背影，她無論如何不能恨他，她恨自己在他面前那麼軟弱。沈魚拿起池邊的哨子，使勁地吹出一串聲音，她把愛和矛盾發洩在刺耳的聲音上，海豚聽到這一連串奇怪的聲音，同時嘶叫，殺人鯨也在哀鳴，牠們也被沈魚的愛和矛盾弄得不安。翁信良在劇場外聽到這一組奇怪的聲音，好像一個女人的哭聲，他回頭，是沈魚，沈魚在岸上忘情地吹著哨子。一個女人，用她所有的愛和熱情來發出一種聲音，使得動物也為她傷心。十條海豚在哨子聲中不斷翻騰，牠們是沈魚的追隨者。

沈魚運用全身的氣力繼續吹出她的愛情傷痛，殺人鯨越跳越高，海豚從水裡跳到岸上，排成一隊，追隨著沈魚。翁信良從沒見過這樣壯麗的場面，當一個女人將愛情宣之於口，原來是如此震撼的。

這一天晚上，翁信良留在工作間做化驗工作。自從緹緹死了，他習慣用這個方法來使自己疲倦，疲倦了，便不會失眠。但這一天跟平常不同，他掛念沈魚，很想去看看她。

翁信良站在沈魚的門外，猶豫了一段時間。他突然忘記了自己的目的，是道歉還是繼續一種關係？他想道歉，這種想法令他感到舒服，因為即使被拒絕，也不太難堪。他鼓起勇氣拍門，沈魚來開門。咕咕撲到翁信良身上，狂熱地吻他。

沈魚看見翁信良，心裡一陣酸。翁信良凝望沈魚，說不出話來，他很少向女人道歉。

「對不起。」翁信良想道歉。

沈魚緊緊抱著翁信良，她需要這個男人的溫暖。

「妳先讓我進來，讓人看到不好意思。」

沈魚不肯放手，整個人掛在翁信良身上。翁信良唯有逐步移動，終於進入屋裡。

「我忘不了緹緹。」翁信良說。

「我知道。」沈魚哽咽：「我只是想抱抱你。緹緹是不是這樣抱的？」

「妳不要跟她比較。」

「我比不上她。」

「我不是這個意思。」

沈魚把翁信良箍得透不過氣來。

「妳給我一點時間。」翁信良說。

沈魚點頭。

「妳有什麼方法可以令海豚和鯨魚變成這樣？」

「我是海豚訓練員。」

「不可能的。」

「愛情可以改變很多事情。」沈魚說：「我也沒想到牠們會這樣。」

翠絲流產的事，大宗美雖然向主席報告了，但極力維護翁信良，翁信良可以繼續留下來。長得好看的男人，都有女人保護他。

亡命跳水隊新來的女跳水員是一名黑人，代替緹緹的位置。每次經過跳水池，翁信良也故意繞道而行，那是他最痛苦的回憶。可是這一天，觀眾的喝采聲特別厲害，翁信良終於再次走近他與緹緹邂逅的地方。年輕的黑人女跳水員在九十米高空上向群眾揮手，她是一位可人的黑珍珠。緹緹站在九十米高空上也是風姿迷人的，她向人群揮手，她揮手的姿態很好看，好像是一次幸福的離別，然後她張開雙手，跨出一步，緹緹回來了。

黑人女跳水員從水裡攀到岸上，經過翁信良身邊的時候，對他微笑，她不是緹緹。翁信良失望地轉身離開，沈魚就站在他身後。

到了晚上，他們一直無話可說，翁信良跟咕咕玩耍，沈魚替相思洗鳥籠。

「我也可以從九十米高空跳到水裡的。」沈魚放下鳥籠說。

翁信良不作聲。

沈魚拿起背包，準備出去。

「妳要去哪裡？」

「我也可以做得到的。」

「妳別發神經。」

沈魚沒理會翁信良，拿著背包走了。她回到海洋公園，換上一襲泳衣，走到跳水池去，她抬頭看看九十米的跳台，那是一個令人膽戰心驚的距離。沈魚從最低一級爬上去，越爬越高，她不敢向下望，風越來越大，她終於爬到九十米高空了。沈魚轉過身來，她雙腳不停地抖顫，幾乎要滑下來，緹緹原來是一個很勇敢的女孩，她怎能和她相比？為了愛情，她願意跳下去，她能為翁信良做任何事，可是，她膽怯了，她站在九十米高台上哭泣，她拿不出勇氣。

「下來。」翁信良在地上說。

沈魚望著地上的翁信良，他比原來的體積縮小了好多倍，他向她揮手，高聲呼喊她下來。

翁信良抬頭望著沈魚，他看到她在上面抖顫，這是一個可怕的距離，他也開始膽怯，他真害怕沈魚會跳下來，他接不住她。

沈魚沒有她自己想像的那麼偉大，她終究不敢跳下來。

「我怕。」沈魚哭著說。

「下來。」

沈魚期望這個男人為了愛情的緣故，會攀上九十米高台親自把她抱下來，可是，他無動於衷，只是站在地上。

沈魚從九十米高台走下來，冷得發抖。

「我還捨不得為你死。」沈魚對翁信良苦澀地笑。

「不要為我死。」

「你沒想過抱我下來嗎？」

翁信良沉默。

「如果是緹緹，也許你會的。」

「回去吧！」

翁信良送沈魚回家。沈魚開始後悔剛才沒有從九十米高空躍下，躍下來不一定會死，然而，兩個人之間的死寂卻教人難受。

沈魚換了睡衣，翁信良一直沒有換衣服，也沒有脫去鞋子。

「我還是搬走吧。」翁信良終於開口。

「不，不要。」沈魚抱著他。

「不要這樣，我們不可能一起。」

「我保證今天的事不會再發生。」沈魚哀求他。

「妳無需要為愛情放棄自尊。」

「我沒有，你便是我的自尊。」

「妳變了，妳號召海豚的自信和魔力消失了嗎？」翁信良歎息。

「我仍然是那個人——那個第一天看見你便愛上你的人。」

翁信良軟化了，他也需要慰藉。

這一天，沈魚不用上班，到演奏廳找正在彩排的馬樂。

「找我有事？」

「經過這裡，找你聊聊天。你近來怎樣？」

「妳呢？」

「我和翁信良一起。」沈魚幸福地說。

馬樂好像早就料到。

「你好像已經知道，是翁信良告訴你的嗎？」

「他沒有告訴我，我從妳臉上的表情看得出妳正在戀愛。」

「我是不是對不起緹緹？」

「她已經死了。」

「我知道，但我真的覺得很對不起她。」

「不要這樣想。」

「我知道他仍然掛念緹緹。那天晚上，我站在九十米跳水高台上，翁信良只叫我自己下來。如果換了是緹緹，他一定會攀上高台接她下來。」

「不會。」

「為什麼？」

「妳不知道翁信良有懼高症的嗎？」

「你為什麼不告訴我你有懼高症？」沈魚問翁信良。

「誰告訴妳的？」

「我今天見過馬樂。怪不得那次你坐纜車要閉上眼睛。」

「我閉上眼睛養神罷了。」翁信良笑說。

「狡辯！你為什麼會怕高？」

「我小時候被一個長得很高的人欺負過。」

沈魚大笑：「胡說八道。」

「我打算辭職。」翁信良說。

「你要去哪裡？」

「我跟一個獸醫合作，他在北角有一間診所。他移民的申請批准了，每年有一半時間要在加拿大，所以想找一個合夥人。」

翁信良辭掉海洋公園的職位，在北角獸醫診所駐診，助理朱寧像日本漫畫裡長得比女主角差一點的女配角，嘴角有一粒痣，使她看來很可愛，她有點神經緊張，時常做錯事，翁信良不明白，上一任獸醫為什麼要雇用她。她唯一的優點也許是對小動物有無限愛心，連患皮膚病的狗，她也跟牠親吻。

沈魚到診所探過翁信良一次，看見穿著白色制服，梳著一條馬尾的朱寧，她開始提防她。沈魚覺得很可笑，她從前不是這樣的，她對自己很有信心，從來不會防範男人身邊的女人，今天，卻對這個十七歲的小姑娘生戒心，是她自己已不是十八、二十二，而是二十六歲，還是因為她在乎翁信良？

沈魚想到一個好方法，要防範一個女人勾引她男朋友，最好便是跟她做朋友。於是，一個中午，她主動邀朱寧吃午飯。

「妳在診所工作了多久？」

「一年多。」朱寧說。
「我也很喜歡小動物。」
「是的，妳的樣子像海豚。」
「妳有男朋友嗎？」沈魚進入正題。
朱寧甜蜜地點頭。
「是什麼人？」沈魚好奇。
「我們十二歲已經認識，他是我同學。」
「他也喜歡動物嗎？」
「他說他最喜歡的動物是我。」
「我還以為現在已經沒有那麼專一的愛情。」
「我想嫁給他的。」朱寧幸福地說：「妳呢，妳會嫁給翁醫生嗎？」
「我和妳男朋友一樣。」沈魚說。
朱寧不明白。
「他是我最喜歡的動物，如果他不娶我，我會將他安樂死。」
沈魚不再對朱寧存有戒心，她親眼目睹她提起男朋友時那種溫馨幸福的笑容，有這種笑容的女人短期內不會移情別戀。

二月十四日早上，沈魚醒來，給翁信良一個吻，然後上班去。她上班的時間比翁信良早。這天發生了一件不如意的事，她騎殺人鯨出場的時候，竟然從鯨魚身上滑下，掉到水裡，出了洋相，觀眾的掌聲突然停止，全場注視她，沈魚努力爬上鯨魚身體時，再一次滑下。

她整天鬱鬱不樂，打電話到診所找翁信良，朱寧說他正在將一頭患上膀胱癌的母狗安樂死。沈魚在電話裡聽到那邊傳來一陣淒厲的哭聲。

「是那頭母狗的主人在哭。」朱寧說。

沈魚下班後到市場買菜，她茫然走了三遍，也想不到買什麼。一雙新的布鞋卻沾上了污漬，令人討厭。

回到家裡，她把布鞋丟進洗衣機裡，放進大量無泡洗衣粉和衣物柔順劑，然後按動開關。一雙鞋在洗衣機的不銹鋼滾桶裡不斷翻滾，發出轟隆轟隆的聲音，沈魚站在洗衣機前，聆聽著這種空洞的聲音，直至洗衣機停頓。她從洗衣機裡拿出那雙有紅色碎花圖案的白色布鞋來，黑色的污漬都給洗掉了。可是紅色的碎花圖案也給洗得褪色。要去掉難纏的污垢，總是玉石俱焚。

翁信良回來了。

「今天有一頭母狗死了？」沈魚問翁信良。

「是的。」

今天是西方情人節和中國情人節同一天的特別日子，電視晚間新聞報導，選擇今天舉行婚禮的新人破了歷年人數的紀錄，是最多人結婚的一天。沈魚把電視機關掉。她和翁信良都儘量不想提起這個日子。二月十四日，本來是翁信良和緹緹的婚期。

在床上，沈魚抱著翁信良說：「我掛念緹緹。」

翁信良從抽屜裡拿出一盒禮物給沈魚：

「送給妳的。」

「我的？」沈魚拆開盒子，是一支很別致的腕錶，表面有一條會擺動的海豚。

「你在哪裡找到的？」

「在診所附近的一間精品店找到的，妳喜歡嗎？是防水的，潛水也可以。」

沈魚幸福地抱著翁信良，她沒想到會收到情人節禮物。因為怕翁信良不喜歡，她甚至不敢送情人節禮物給他。

翁信良為沈魚戴上腕錶，這一天，原該是他和緹緹的日子，可是，現卻換上另一個女人，雖然如此，他不想虧待她。

星期六上午，一個女人抱著一頭波斯貓進入診所。翁信良看到她，有點意外，她是胡小蝶，是他從前那個在機場控制塔工作的女朋友，她的外表一點也沒有改變，依舊有一種不該屬於年輕女人的迷人的風情。

「真的是你？」小蝶驚喜。

翁信良也不知道說什麼好。

「我剛剛搬到附近住，叮噹好像害了感冒，我帶牠來看醫生，在門口看到你的名牌，沒想到真的是你，我以為你還在日本。」

「是今年中回來的。」

波斯貓叮噹好像認得翁信良，慵懶地躺在他的手肘上。

「牠認得你。」

叮噹是翁信良離開香港時送給小蝶的，叮噹本來是他的病貓，患上皮膚病，被主人遺棄，翁信良悉心把牠醫好。小蝶愛上一個機師，那一夜，翁信良抱著叮噹送給她，向她淒然道別。沒想到她還一直把牠留在身邊。

「牠害了感冒。」

「我看看。」翁信良替叮噹檢查：「我要替牠打一支針。」

站在一旁的朱寧協助翁信良把叮噹按在手術床上，從翁信良和胡小蝶的表情看來，她大概猜到他們的關係。

「費用多少？」

「不用了。」翁信良抱著叮噹玩耍，這隻貓本來是他的。

「謝謝你。」

翁信良看著小蝶離去，勾起了許多往事，他曾經深深愛著這個女人，後來給緹緹取代了，緹緹可以打敗他生命中所有女人，因為她已經不在人世。

下班的時候，翁信良接到胡小蝶的電話：「有空一起喝茶嗎？」

「好。」他不想冷漠地拒絕她。

他們相約在北角一間酒店的咖啡廳見面，胡小蝶抽著煙在等他，她從前是不抽煙的。

「你來了？」胡小蝶彈了兩下煙灰，手勢純熟。

「你這幾年好嗎？」小蝶問他。女人對於曾經被她拋棄的男人，往往有一種上帝的憐憫。

「還好。」

「你的懼高症有沒有好轉？」

「依然故我。」翁信良笑說。

「我跟那個飛機師分手了。」

「我還以為你們會結婚。」翁信良有點意外：「你們當時是很要好的。」

胡小蝶苦笑：「跟你一起五年，漸漸失去激情，突然碰到另一個男人，他瘋狂地追求我，我以為那才是我久違了的愛情。」

翁信良無言。

「他嫉妒心重，佔有慾強，最後竟然辭掉工作，留在香港，天天要跟我在一起，我受不了。」

「他又回去做飛機師了？」

胡小蝶搖頭：「他沒有再做飛機師。」

「哦。」

「你有沒有交上女朋友？」

「我現在跟一個女孩子住在一起。」

小蝶的眼神裡流露一種失望，她連忙狠狠地抽一口煙，呼出一團煙霧，讓翁信良看不到她臉上的失望。翁信良還是看到，畢竟這是他愛過的女人，她如何掩飾，也騙不到他。

「我現在一個人住，你有空來探我。」

翁信良回到家裡，沈魚熱情地抱著他。

「你身上有煙味。」沈魚說。

「噢，是嗎？今天有一位客人抽煙抽得很兇。」翁信良掩飾真相。

「是駱駝牌？」

「好像是的。」翁信良故作平靜：「妳怎麼知道是駱駝牌？」

「我曾經認識一個男人，他是抽駱駝牌的。你的客人也是男人？」

「嗯。」

「抽駱駝牌的多半是男人，很少女人會抽這麼濃的香煙。」

翁信良也不打算去糾正她，女人對於男朋友的舊情人總是很敏感。胡小蝶抽那麼濃的煙，她一定很不快樂。

沈魚把翁信良的外衣掛在陽台上吹風，那股駱駝牌香煙的味道她依然沒有忘記，他是她的初戀情人。她邂逅他時，覺得他抽煙的姿態很迷人，他拿火柴點了一根煙，然後放在兩片唇之間，深情地啜吸一下，徐徐呼出煙圈，好像跟一根煙戀愛。

三天之後，胡小蝶又抱著波斯貓來求診。

「牠有什麼病？」

「感冒。」小蝶說。

翁信良檢查叮噹的口腔，牠看來健康活潑：「牠不會有感冒。」

「是我感冒。」胡小蝶連續打了三個噴嚏：「對不起。」

翁信良遞上紙巾給她。

「妳要去看醫生。」翁信良叮囑她。
「吃治貓狗感冒的藥也可以吧？」
「我拿一些給妳。」翁信良去配藥處拿來一包藥丸。
「真的是治貓狗感冒的藥？」小蝶有點害怕。
「是人吃的。」翁信良失笑：「如果沒有好轉，便應該去看醫生。」
「也許連醫生也找不到醫我的藥。」小蝶苦笑，離開診所，她的背影很淒涼。
胡小蝶從前不是這樣的，她活潑開朗，以為世上沒有解決不了的事情。令女人老去的，是男人和愛情。
下班的時候，翁信良打電話給胡小蝶，她令他不放心。
胡小蝶在夢中醒來。
「吵醒妳？」
「沒關係。」
「妳好點了嗎？」
「好像好了點，你在什麼地方？」

「診所。」

「陪我吃飯好嗎？我是病人，遷就我一次可以嗎？」

「好吧。」

「我等你。」小蝶雀躍地掛了電話。

「我今天晚上不回來吃飯，我約了馬樂。」翁信良在電話裡告訴沈魚。在與胡小蝶重逢後，他第二次向沈魚說慌。

叮噹跳到翁信良身上，嗅了一會，又跳到地上。

胡小蝶也嗅嗅翁信良的衣服。

「你身上有狗的氣味，難怪叮噹跑開，你有養狗嗎？」

「是的。」

「什麼狗？」

「鬆獅。」

「你買的？」

「是一位已逝世的朋友的。」翁信良難過地說。

「你從前不養狗的，只喜歡貓。」
「人會變的。」
「你晚上不回家吃飯，你女朋友會不會生氣？」
翁信良只是微笑。小蝶看著翁信良微笑，突然有些哽咽，她老了，翁信良卻沒有老，他依然長得俊俏，笑容依然迷人，當初她為什麼會突然不愛他呢？她自己也不知道。
胡小蝶點了一根駱駝牌香煙。
「這隻牌子的香煙焦油含量是最高的，不要抽太多。」翁信良說。
「已經不能不抽了。」胡小蝶笑著說。
「那麼改抽另外一隻牌子吧。」
「愛上一種味道，是不容易改變的。即使因為貪求新鮮，去試另一種味道，始終還是覺得原來那種味道最好，最適合自己。」胡小蝶望著翁信良，好像對他暗示。
「你女朋友是幹什麼的？」
「她是海豚訓練員。」

「好特別的工作。」
「你們一起很久了？」
「只是這幾個月的事。」
「如果我早點跟你重逢便好了。」
翁信良迴避胡小蝶的溫柔說：「那時我剛準備結婚。」
「跟另一個人？」
翁信良點頭。
「那為什麼？」
「她死了。」翁信良哀傷地說。
「你一定很愛她。」胡小蝶心裡妒忌，她天真地以為翁信良一直懷念的人是她。
胡小蝶又燃點了一根駱駝牌香煙。
「抽煙可以減少一些痛苦。」
「不。」
「你認為抽煙很壞嗎？尤其是抽煙的女人。」

「妳抽煙的姿態很迷人，真的。」
「我以前就不迷人？」
「我不是這個意思，以前我們都年輕，不了解愛情。」
「你是否仍然恨我？」胡小蝶把煙蒂擠熄在煙灰碟上，她的指甲碰到了煙灰。
翁信良搖頭。
「因為你已經不愛我？」
「只是愛情和傷痛都會敗給歲月。」翁信良說。
胡小蝶點了一根香煙，走到雷射唱機前，播放音樂。
「陪我跳舞好嗎？」她把香煙放在煙灰碟上，拉著翁信良跳舞。
胡小蝶伏在翁信良的肩膀上，他們曾經有美好的日子，翁信良抱著胡小蝶，許多年後，他再次觸碰她的身體，曲線依舊美好，她的長髮還是那麼柔軟，她的乳房貼著他的胸口在摩擦，她有一種難以抗拒的淒美，她代表以往那些沒有死亡的日子。
胡小蝶閉上眼睛，吻翁信良的嘴唇，他們接吻，好像從前一樣，所不同的，是胡小蝶的吻有駱駝牌香煙的味道。
胡小蝶吻翁信良的耳朵，他很癢得不停扭動脖子。
「不要。」翁信良輕輕推開她。
胡小蝶尷尬地垂下頭。
「我想我應該走了。」翁信良不想辜負沈魚。
「好吧。」胡小蝶若無其事地說。她拒絕過他，就別再期望他會重新接受她，時間總是愚弄人。
「再見。」翁信良走近門口。
胡小蝶替他開門：「再見。」
翁信良對於自己的定力也感到驚訝，他竟然可以拒絕她，他是幾經掙扎才可以拒絕她的，絕對不是報復她離開他，而是想起沈魚。
翁信良回到家裡，沈魚在吃泡麵。
「你回來了？」
翁信良把她抱上床。
「你身上有駱駝牌香煙的味道，馬樂也抽駱駝牌嗎？」沈魚問翁信良。

「不，是那個客人，他也是玩音樂的，我介紹他認識馬樂，他們很投契。」翁信良撒第三次謊。

「他叫什麼名字？」

「彼得。」翁信良隨口說出一個名字。

沈魚覺得翁信良的熱情有點不尋常，他在外面一定受到了挫折，這是女人的感覺。

翁信良呼呼地睡了，沈魚用手去撥他的頭髮，他的頭髮上有股濃烈的駱駝牌香煙的味道，女人不會抽這麼濃烈的香煙。

第二天早上，翁信良回到診所，看見叮噹在診療室內。

「誰把牠帶來的？」

「胡小姐。」朱寧說：「她說有事要到外地，把牠暫時寄養在這兒。」

「胡小姐去了哪裡？」翁信良心裡牽掛，他昨天晚上傷害了她。

「不知道。」

中午，翁信良約馬樂吃飯。

他們去吃日本菜。

「為什麼對我那麼闊綽？」馬樂笑著問他。

「我碰到胡小蝶。」

「她不是跟那個飛機師一起嗎？」

「他們分手了，她就住在診所附近，她變了很多，抽煙抽得很凶。」

「沈魚知道嗎？」

「沒有告訴她，女人對這些事情很敏感的。」

「你對胡小蝶還有餘情？」馬樂看穿他。

「我告訴沈魚那天晚上跟你一起吃飯，還有彼得。」

「彼得？」

「就是小蝶，她是抽駱駝牌的彼得。」

「胡小蝶抽駱駝牌？」馬樂問翁信良。

「是的。沈魚的鼻子很敏感。」

「你打算怎樣？」馬樂問。

「什麼怎樣？」

「你和小蝶之間。」

「很久以前已經完了。」

「如果是真的，那就好了。」

「你對沈魚有特殊感情。」翁信良有點妒忌。

「可惜她愛的是你。」馬樂含笑說：「一個女孩子，要是同時遇上你和我，都只會看上你。」

「這是我的不幸還是你的不幸？」翁信良失笑。

馬樂也笑，他也曾鍾情於胡小蝶，是他介紹他們認識的，他常常是愛情故事裡的男配角。

「你那位客人這幾天沒有出現？」吃晚飯的時候，沈魚問翁信良。

「妳怎麼知道？」翁信良驚訝。

「你身上沒有駱駝牌的味道。」

「是的，他去外地了。」

「我在想，他會不會是我以前認識的那個男人？」

「不會的。」翁信良斬釘截鐵地說。
「你為什麼那麼肯定？」
「他年紀比較大。」翁信良急忙撒了一個謊。
「而且他也不喜歡小動物，又不是玩音樂的，不可能是他。」沈魚說：
「彼得玩什麼音樂的？」
「流行音樂。」翁信良隨便說。
一個黃昏，沈魚約了馬樂喝茶。
「那個彼得是玩什麼音樂的？」
「地下音樂。」馬樂隨便說。

胡小蝶已經離開了七天，音訊全無，叮噹沒精打采地伏在籠裡，翁信良想抱牠，牠竟然抓傷了他。
「醫生，你沒事吧？」朱寧替他檢查傷口。
「沒事，只是抓傷表皮。」
「牠一定是掛念主人了。」朱寧替翁信良貼上膠布。

翁信良蹲在地上，看著叮噹，他本來是牠的主人，如今卻因為掛念後來的主人而把他抓傷，動物無情，人也不見得比動物好，他不也是為了沈魚而拒絕胡小蝶嗎？他們上床那一夜，他發現胡小蝶是第一次，他心裡有些內疚，有些感動，他沒想過這個漂亮的女孩是第一次跟男人上床。那一刻，他宣誓永遠不會離開，他遵守諾言，但她走了。

翁信良離開診所。

「醫生，你要去哪裡？」朱寧問他。

「我很快回來。」翁信良匆匆出去。

朱寧覺得翁信良和胡小蝶之間有些不尋常關係，她不能正確猜到是哪一種關係。她想，胡小蝶可能正在單戀翁信良，女病人單戀英俊的醫生，是常有的事。病貓的主人單戀俊俏的獸醫也不是沒有可能的。許多時候，動物害了感冒或抑鬱症，是因為牠的主人首先抑鬱起來。

翁信良很快回來了。他把叮噹從籠裡抱出來，放在工作檯上，叮噹沒精打采地垂下眼皮，俯伏在檯上。翁信良在口袋裡掏出一包駱駝牌香煙，他點了一根煙，深深地吸了一口，向著叮噹噴出一團煙霧，叮噹立即張開眼睛，望著前面的一團煙霧。翁信良很高興，點了很多根香煙，每一根香煙以差不多的速度在空氣中燃燒，造成一團很濃很濃的煙霧，將叮噹包圍著。叮噹很雀躍，精神抖擻地站起來，不停地在桌上跳動，伸出小爪想抓住煙霧。

「成功了！」翁信良開心地高舉兩手。

「醫生，你幹什麼，你想牠患上肺癌？」朱寧走進來，嚇了一跳。

「牠以為這是牠主人的味道。」

叮噹興奮地撲到翁信良身上，舐他的下巴。朱寧看到，忍不住大笑：「牠真蠢。」

翁信良突然領悟到，人在動物心裡，留下的不過是味道，而不是樣貌。胡小蝶的樣貌改變了，他自己的外表也跟以前不同了，但他們卻想念從前的味道。

第三章

深情的嘔吐

聰明的女孩子最痛苦的事情是意識到自己蠢。
當妳愛上一個男人，妳會突然變得很蠢。

翁信良約沈魚看七時半放映的電影，他匆匆趕到戲院，沈魚在大堂等他。

「彼得回來了？」沈魚問他。

翁信良知道那是因為他身上的煙味。

「不是，我營造味道騙他的貓。」

「貓？他的貓放在你那裡？」

「是的。」

翁信良拉著沈魚進場。在漆黑的戲院裡，翁信良握著沈魚的手，沈魚的手卻是冰冷的。

「妳不舒服嗎？」

「沒事。」

平常，她會倚在他的肩膀上，甚至將一雙腿擱在他大腿上，今天，她不想這樣做，她開始懷疑彼得是一個女人。

散場了，戲院的人很多，翁信良走在前頭，沈魚跟在後頭，翁信良在人群中握著她的手，沈魚看著翁信良的背影，忍不住流下淚，她不想失去他。

翁信良不知道沈魚曾經流淚，她的手越來越冰冷。

「妳要不要回去休息，妳好像發熱。」翁信良把手按在她的額頭上。

「不，我想喝一碗很熱很熱很熱的湯。」

他們去吃西餐，翁信良為她叫了一碗羅宋湯。

湯來了，冒著熱氣，沈魚深深地呼吸了一口，撒上大量的胡椒，辣得她想流淚。

「慢慢喝。」翁信良叮囑她。

「你為什麼對我這麼好？」沈魚含淚問他。

「妳這樣令我慚愧。」翁信良說。

「彼得玩什麼音樂？我忘了。」沈魚說。

「地下音樂。」翁信良說。

翁信良的答案竟然跟馬樂相同，她第一次問他，他說彼得玩流行音樂，難道沈魚自己記錯了？她但願如此，女人一般不會抽駱駝牌那麼濃烈的香煙的。

沈魚喝光了面前那碗熱騰騰的羅宋湯，伸了一個懶腰：「現在好多了。」

翁信良握著她的手，她的手傳來一陣溫熱：「果然好多了。」

「我想去吹海風。」沈魚說。

「妳不怕冷？」

「陪我去。」沈魚把手伸進翁信良的臂彎裡，在海濱長堤漫步，她倚著翁信良，感到自己十分可惡，她一度懷疑他。她用鼻子在翁信良身上嗅。

「幹什麼？」

「煙味消失了。」

「味道總會隨風而逝。」翁信良說。

其實馬樂在那天跟沈魚喝過下午茶後，立即跟翁信良通電話。

「她問我彼得玩什麼音樂，我說是地下音樂。」

「糟了，我好像說是流行音樂。」翁信良說。

「她聽到答案後，精神一直不集中，所以我告訴你。」

「謝謝你。」

所以，今天晚上，當沈魚問彼得是玩什麼音樂時，他其實早有準備，就說地下音樂吧，這個答案是沈魚最後聽到的，比較刻骨銘心，而且由於女人都不想傷心，她會懷疑自己，卻相信男人說的話。

這個時候，沈魚睡在他身邊，她的身體不停抖顫，手掌冰冷，蜷縮在被窩裡。

「妳發冷，我拿藥給妳。」翁信良餵她吃藥。

他看到她痛苦的樣子，很內疚，很想向她說實話。

「你會一直留在我身邊嗎？」沈魚問翁信良。

翁信良握著她的手點頭答應。

她的身體有點兒痙攣。

「不行，我要帶妳去看醫生。」翁信良把她從床上抱起來。

「如果我死了，你是不是會比現在愛我？」

「妳不會死的。」

他把沈魚送到銅鑼灣一間私家醫院的急診室，登記之後，他扶著沈魚坐在沙發上等候。他意識到有人盯著他，翁信良抬頭看看，是胡小蝶，她為什麼會在這裡？胡小蝶穿著一身黑衣服，正在抽她的駱駝牌香煙，翁信良的確很震驚。胡小蝶把目光移向遠處，靜靜地抽她的煙。

「那個女人也是抽駱駝牌的。」沈魚對翁信良說。

沈魚覺得這個抽駱駝牌的女人有一股很特別的味道，她終於知道也有抽駱駝牌的女人。

「小姐，這裡是不准吸煙的。」一名護士跟胡小蝶說。

「對不起。」胡小蝶把香煙擠熄在一個她自己隨身攜帶的煙灰碟裡。

翁信良斜眼看著胡小蝶，他害怕她會忽然過來跟他打招呼，但，現在看來，她似乎不會這樣做。她不是去了外地嗎？為什麼會在急診室裡出現？她臉上沒有痛苦的表情，不像病得厲害。她越來越神祕，已經不是以前的她。

護士叫胡小蝶的名字，她進去急診室。

翁信良覺得自己很可笑，他剛才竟然有些害怕，他不懂得處理這個場面。女人原來比男人鎮定。

護士叫沈魚的名字，翁信良陪她進入另一間診療室。現在，胡小蝶跟沈魚分別在兩間房裡，翁信良比較放心。胡小蝶會在外面等他嗎？

翁信良陪沈魚到配藥處取藥，胡小蝶不見了，她剛才坐的位置，給另一個女人佔據著。

「我想去洗手間。」沈魚說。

「我在這裡等妳。」

沈魚進入洗手間，醫院的洗手間一片蒼白，有一股強烈的消毒藥水味道，剛才那個抽駱駝牌香煙的女子站在洗手盆前面抽煙，沈魚下意識抬頭看看她，她向沈魚報以微笑。沈魚走進廁所裡，她想，這個女人的煙癮真厲害。她並不知道，這個抽煙的女人正是翁信良曾經愛過的女人。

胡小蝶終於看到翁信良現在愛著的女人，這個女人好像比她年輕，今天晚上因為患病，所以臉色蒼白，嘴唇乾裂，頭髮比較枯黃乾燥。翁信良說，她是海豚訓練員。時常泡在水裡，也許因此頭髮變成這個顏色。她的身型很好看，也許是經常運動的緣故，她自己就比不上她了，但論到容貌，還是自己勝一籌。翁信良從前跟她說，女人的身段不重要，樣貌最重要，現在竟然改變了品味，這個男人是不是老了？

沈魚從廁所出來，這個穿黑衣的女人仍然在抽她的香煙。她在鏡子裡偷看這個抽煙的女人，她的容貌很細緻，有點像緹緹，的確有點像緹緹。

翁信良在大堂尋找胡小蝶的蹤跡，他想跟她說幾句話，沒什麼的，只是幾句關心的話。

「你找什麼？」沈魚叫他。

「沒什麼，走吧。」

胡小蝶看著鏡中的自己，看著看著，竟然流下眼淚，雖然她仍然很漂亮，可是已經老了，受不起跌宕的愛情，她要回到翁信良身邊，她要把他搶回來。

第二天早上，翁信良回到診所，叮噹不見了。

「胡小姐把牠帶走了。」朱寧說。

中午，沈魚打電話給翁信良。

「你今天晚上會回來吃飯嗎？」

「妳病了，不要弄飯。」

「已經好多了。」

「好吧，我七時左右回來。」

翁信良一直惦掛著胡小蝶，下班後，到她住的地方看看。

翁信良來到胡小蝶住的大廈，在通話機前等了很久也沒有人回應，決定離開。就在這個時候，胡小蝶回來了。

「咦，是你？」

「是的，我……昨天晚上在急診室碰見妳，妳沒事吧！」

「上去再說。」胡小蝶打開大廈大門。

翁信良只得尾隨她進去。在電梯裡，大家沉默，對於昨夜連一個招呼都不打，翁信良難免覺得自己有點小家子氣。

「妳哪裡不舒服？」翁信良問她。

「胃痛。」胡小蝶吞下幾顆黃色的藥。

「那妳休息一下吧。」

「你今天晚上可以陪我吃飯嗎？」

「對不起，我答應了回家吃飯。」

「你答應了什麼時候回去？」

翁信良看看手錶：「大約七時吧。」

「還有時間，陪我吃一點東西好嗎？我的胃很不舒服，自己一個人又不想吃。」

「妳喜歡吃什麼？」

「讓我想想。我要吃雲吞麵。」

「附近有麵店嗎？」
「我要去士丹利街那一間吃。」
「去這麼遠？」
「我駛車去，然後再送你回家。我肚子很餓，快點起程吧！」胡小蝶拉著翁信良出去。
在士丹利街這間狹小的雲吞麵店裡，胡小蝶卻不吃雲吞麵，而在吞雲吐霧。
「不要抽太多煙。」翁信良勸她。
「煙是我的正餐。」胡小蝶說：「我們第一次拍拖，也是在這裡吃雲吞麵，你記得嗎？」
「是嗎？」
「你忘了？男人不會記著這些小事。那時的生活雖然比不上現在，卻好像比現在快樂。」
翁信良看看手錶，原來已經八時三十分。
「我要走了。」

「我送你回去，你住在哪裡？」

「不用了。」

「怕給女朋友看見嗎？」

「不是這個意思。」

「那就讓我送你回去，反正我沒事做。」

胡小蝶駕車送翁信良回去，沿路高速換車道，險象環生。

「不用開得這麼快，我不是急成這個樣子。」翁信良按著安全帶說。

「你趕著回家吃飯嘛！」胡小蝶不理會他，繼續高速行駛。她是故意懲罰他，誰叫他要去見別的女人。

車子終於到了，翁信良鬆了一口氣。

「謝謝妳。妳開車別開得這麼快。」翁信良勸她。

「你明天晚上可以陪我吃飯嗎？」

翁信良猶豫。

胡小蝶露出失望的神情：「算了罷。我五分鐘之內可以回到家裡。」她威脅著要開快車。

翁信良點頭：「明天我來接妳。」

胡小蝶展露笑容：「拜拜，放心，我會很小心開車的。」

翁信良回到家裡，沈魚一言不發坐在飯桌前。

「我回來了！」翁信良趕快坐下來吃飯。

「你去了哪裡？」

「想去買點東西，可惜買不到。」翁信良唯有編出一個謊話。

「你想買什麼東西？」

「我只是逛逛。」

「你根本不想回來，對不對？」沈魚質問他。

「妳為什麼無理取鬧？」

「我是無理取鬧，我知道我比不上緹緹！」

翁信良低著頭吃飯，彷彿什麼都沒有聽到。沈魚很後悔，她不應該提起緹緹，緹緹是他們之間的禁忌。

第二天早上，翁信良起來上班，沈魚已經上班了，並且為他熨好了一件外套。翁信良在外套的口袋裡發現一張字條，字條上寫著：「我是不是很無理取鬧？如果你不惱我的話，笑笑吧！」

翁信良順手把字條放在口袋裡。出門之前，他留下一張字條，告訴沈魚他今天晚上不能回來吃飯。

坐小巴上班的時候，路上一直塞車，翁信良想起緹緹，想起她在九十米高空上揮手的姿態，也想起沈魚，想起她與一群海豚游泳的情景。他開始懷疑，他會否跟沈魚共度餘生，男人只要一直跟一個女人一起，就是暗示他準備跟她共度餘生。如果有一天，他突然提出分手，女人會認為他違背諾言，雖然他不曾承諾跟她共度餘生。一個男人若不打算跟一個女人廝守終生，還是不要耽誤她。想著想著的時候，已經回到診所，很多人在等候。

翁信良下班後去接胡小蝶。胡小蝶打扮得很漂亮，她用一支誇張的假鑽石蝴蝶髮夾把頭髮束起來，又塗上淡紫色的口紅，比起八年前翁信良跟她認識時，判若兩人。愛情不一定令女人老去，反而會為她添上豔光。

「我們去哪裡吃飯？」胡小蝶問翁信良。

「妳喜歡呢？」

「去淺水灣好不好？」

「淺水灣？」

「你不想去淺水灣？」

「我看見妳穿得這麼漂亮，以為妳不會去沙灘。」

「我穿成這樣，就是為了去沙灘。」胡小蝶笑說。

「妳還是這麼任性。」

他們在淺水灣的露天餐廳吃飯。胡小蝶從皮包裡拿出一包香煙。

「咦，不是駱駝牌？」翁信良奇怪。

「你說駱駝牌太濃嘛，這一種最淡。」

「最好是不要抽煙。」

「不要管我，我已經不是你的女朋友。」胡小蝶笑著說。

翁信良有些尷尬。

胡小蝶把燒了一半的香煙擠熄：「好吧，今天晚上暫時不抽。」

「抽煙對身體沒有益處的。」翁信良說。

「你最失意的時候也不抽煙的？」

翁信良點點頭。

「那怎麼辦？」

「喝酒。」

「喝酒也不見得對身體有益。」胡小蝶喝了一口白葡萄酒。

「那是我最失意的時候。」翁信良說。

胡小蝶想到是緹緹死去的時候。

「陪我跑沙灘好嗎？」胡小蝶站起來。

「跑沙灘？」

「我戒煙一晚，你應該獎勵我。」胡小蝶把翁信良從椅子上拉起來。

「我們第一天拍拖也是在這個沙灘。」胡小蝶躺在沙灘上：「你也躺下來。」

翁信良躺在胡小蝶旁邊，沒想到分手後，他們還可以一起看星。

「我二十八歲了。」胡小蝶說：「我的願望本是在二十八歲前出嫁的。」

「我本來該在三十三歲結婚的。」翁信良說。

「我們同是天涯淪落人。」胡小蝶翻過身，望著翁信良：「你壓在我身上好不好？」

翁信良不知道怎樣回答，太突然了。

「不需要做什麼，我只是很懷念你壓在我身上的感覺。重溫這種感覺，沒有對不起任何人。」

「可以嗎？」胡小蝶挨在翁信良身上。

翁信良翻過身來，壓在她身上，胡小蝶雙手緊緊抱著他。

「你還記得這種感覺嗎？」胡小蝶柔聲問翁信良。

翁信良點頭，吻胡小蝶的嘴唇。他們像從前那樣，熱情地接吻，胡小蝶把手指插進翁信良的頭髮裡，翁信良伸手進她的衣服裡，撫摸她的胸部，他聽到她的哭聲。

「不要這樣，不要哭。」翁信良停手。

胡小蝶抱著翁信良，哭得更厲害。

「你還愛我嗎？」她問翁信良。

翁信良不知道怎麼回答，他愛著緹緹。

「是不是太遲了？」

「別再問我，我不知道怎麼回答妳，好像所有安排都是錯誤的。」

翁信良躺在沙灘上，緹緹在婚前死去，沈魚是他在海洋公園碰到的第二個女人，胡小蝶在他與沈魚一起之後再次出現，所有安排都是錯誤的，彷彿在跟他開玩笑。

胡小蝶把翁信良拉起來：「回去吧，你家裡有人等你。」

「對不起。」翁信良說。

胡小蝶用力甩掉藏在頭髮裡的沙粒：「我只想重溫感覺，沒有想過要把你搶回來。看，你身上都是沙，脫下外套吧。」

翁信良把外套脫下來，胡小蝶把外套倒轉，讓藏在口袋裡的沙粒流出來。一張字條跌在沙灘上，胡小蝶拾起來，字條上寫著：「我是不是很無理取鬧？如果你不惱我的話，笑笑吧！」

「你女朋友寫給你的？」

胡小蝶把字條放回他外套的口袋裡。

「我從前也寫過字條給你。」胡小蝶幽幽地回憶。

翁信良回到家裡，看見廚房裡有燈光，翁信良走進廚房，看見沈魚背著他，蹲在地上，垃圾桶翻轉了，她在垃圾堆中找東西。

「妳在找什麼？」

沈魚回轉頭看見是翁信良，連忙把地上的垃圾放回垃圾桶裡。

「妳到底要找什麼？」

「我今天早上寫給你的那張字條，你是不是丟到垃圾桶裡？」

翁信良從口袋裡掏出那張字條：「在這裡。」

沈魚笑了：「原來你放在身上。」

「妳幹什麼？妳越來越神經質。」翁信良說。

沈魚擁著翁信良：「我以為你仍然惱我呢。」

「我想洗個澡。」

翁信良在淋浴間洗頭髮，他需要冷靜一下，他仍然想著胡小蝶，他差點便背叛沈魚了。他很難說喜歡哪一個多一點，可是，既然已經跟沈魚在一起了——

他抹乾頭髮和身體，離開浴室，在睡房裡用吹風機把頭髮吹乾。

沈魚到浴室洗澡，她發現淋浴間排水孔沉澱了很多沙粒。這個發現令她很不安，為什麼翁信良身上會有沙粒？他剛剛從沙灘回來嗎？

「你是不是去過沙灘？」

翁信良沒有回應她，他正在睡房裡用吹風機弄乾頭髮，聽不到她說話。

沈魚心裡想：「幸而他聽不到。」

她把沙粒用水沖走。她很害怕聽到答案，他會跟什麼人去沙灘？一個男人？兩個男人在沙灘上喝啤酒也不是沒有可能的。

沈魚從浴室出來，翁信良正在床上看書。沈魚坐在翁信良身上，撥他的頭髮。

「為什麼這麼晚才洗頭？」她問他。

「頭髮油膩嘛。」翁信良說。其實他想沖走頭髮上的沙粒。

沈魚把翁信良壓在床上。

「你是不是還惱我？」

「我為什麼要惱妳？」翁信良拉著她的手。

「你連為什麼惱我都忘記了。」沈魚失望地說。

「天！那證明我沒有惱妳。」
「你不是惱我提起緹緹嗎？」
「沒有。」
沈魚吻他：「你會愛上別人嗎？我就時常害怕你會愛上另一個女人。」
翁信良抱著沈魚，不知道說什麼好。
「我是不是很沒有安全感？」沈魚問翁信良。
翁信良搖頭。
「我不知道我為什麼那麼在乎你。」
「人本來就沒有什麼安全感。」
「明天我們去沙灘好嗎？」
「妳想去沙灘？」
「是的，很久沒有去過沙灘了，你呢？」
「我也是。」翁信良說。
沈魚有些失落，那麼他身上的沙粒是從哪兒帶回來的呢？
他們在淺水灣沙灘看黃昏。

「我見過海上的海豚。」沈魚說：「去年，也是黃昏，在石澳海灘，我看見幾條樽鼻海豚在海面上跳躍，雖然種類一樣，牠們跟公園裡的海豚是不一樣的。」

「牠們比較自由。」翁信良說。

「不，是比較淒涼，因為沒有家，就沒有邊界。」

翁信良的傳呼機響起，是胡小蝶傳呼他。

「有人傳呼你？你先去覆機吧。」

翁信良到沙灘小食亭裡借用電話，電話響了幾下，胡小蝶接聽，她在電話裡哭泣。

「小蝶，妳沒事吧？」翁信良關切地問她。

「你在哪裡？」

「我和朋友一起。」翁信良說：「到底有什麼事？」

「我想見你……」胡小蝶在電話裡那邊哀求。

「對不起，我現在走不開。」翁信良無可奈何地說。

「那麼我們以後也不要見面。」胡小蝶把電話掛斷。

「是誰找你？」沈魚問翁信良。

「急診。」翁信良胡扯。

「什麼急診？」

「一隻吉娃娃狗，腸胃炎，瀉得很厲害，全身痙攣，我要回診所替牠診療。」翁信良說。

「我陪你一起回去。」

「不，妳陪我便看不到戲。妳忘了我們買了電影戲票嗎？」

「我一個人看也沒有意思。」

「我很快回來的，妳把戲票給我，我自己進戲院好不好？」

「那好吧。」沈魚沒辦法，雖然有點懷疑，但必須相信他。翁信良送沈魚上計程車。

「你入場前買爆米花，我們一起吃。」沈魚跟翁信良說。

「好的。」

翁信良匆忙趕到胡小蝶家裡，不停地按門鈴，他真怕她出事，胡小蝶開門，擁抱著他。

「我以為你不理我。」胡小蝶淒楚地說。其實她知道他會來的，他是個很心軟的男人。

「到底發生什麼事？」

茶几上有半瓶紅酒。

「我們是不是已經太遲了？」胡小蝶含淚問翁信良。

「妳要我怎麼回答你？」

「你這樣已經回答了我。」

她坐在沙發上，點了一根駱駝牌香煙。

「妳又抽這種煙？」翁信良怪她。

「我想快點死。」胡小蝶賭氣地說。

「別說這樣的話，上天會懲戒妳的，祂不會讓妳在失戀時死掉，祂會讓妳在充滿希望的時候突然死掉。」翁信良冷笑。

「充滿希望地死掉最少可以成為你的新娘子。」胡小蝶凝望翁信良。

翁信良覺得身子很軟，軟得失去理智。他拿走胡小蝶唇邊的香煙，擠熄在煙灰碟裡。他輕柔地替她撥好頭髮，抹去臉上的淚水，她捉著他的手，讓自己半張臉躺在他手裡，然後站起來，凝望著他。翁信良吻她，她抱著翁信良，把他壓在沙發上。

沈魚在看一齣西班牙愛情電影，男女主角在床上纏綿，這個男人在每一個女人的床上都說愛她。翁信良還沒有回來。

翁信良趕到戲院，幸而這套電影片長三小時。

「差不多完場了。」沈魚說。

「爆米花呢？」她看到他兩手空空。

「爆米花？」翁信良茫然。

沈魚知道他忘了，他匆匆送她上計程車的時候，牽掛著另一些事情，或者另一個人。

「我現在出去買。」翁信良站起來。

沈魚把他拉下來：「不用了。」

他們沉默地把電影看完，翁信良在黑暗中懺悔，如果他不去見胡小蝶，便什麼事情也不會發生。他從來沒有試過像今天晚上這麼驚險和混亂。

電影院的燈光亮了，沈魚坐在椅子上沒有起來。

沈魚坐著沒有起來，翁信良正想開口跟她說話，她便站起來，他唯有把話收回。女人的感覺是很厲害的，翁信良有點膽怯。

「那隻吉娃娃怎麼樣？」沈魚問他。

「沒事了。」翁信良答得步步為營。

「你是不是有另一個女人？」沈魚語帶輕鬆地問他，她是笑著的。

「別傻！」翁信良安慰她。

沈魚的笑臉上流下眼淚：「真的沒有？」

翁信良說：「沒有。」

沈魚擁著翁信良：「你不要騙我，你騙我，我會很難過的。」

翁信良內疚得很痛恨自己，是他自己親手搞了一個爛攤子出來，卻又沒有承認的勇氣。

胡小蝶在翁信良走後洗了一個澡，她幸福地在鏡前端詳自己的身體。她沒有什麼可以失去，因為她本來就跟他睡過。現在好男人只餘下很少，她一定要把他搶回來。上天一定會憐憫她，那個飛機師是個壞男人，他對她很壞，壞到她不好意思說他的壞，所以她告訴翁信良，是她忍受不了那個飛機師太愛她。她說了一個剛剛相反的故事，她不想承認她當天選擇錯誤。她當天狠心地離開翁信良，她怎能告訴他，她回到他身邊是因為她後悔？今天晚上，翁信良終於又回到她身邊了，男人都是軟弱可憐的動物，他們都受不住誘惑。胡小蝶不認為自己不是第三者，翁信良和沈魚之間如果是如魚得水，她是絕不可能介入的。

沈魚伏在翁信良的胸膛上睡著了，她睡得很甜，翁信良望著她，怎忍心開口告訴她真相呢？他也不知道下一步怎樣做，他從來沒有試過同時愛兩個女人。愛是一個很沉重的負擔。

這一天休假，翁信良送沈魚上班，他在闊別多月之後，再次重臨公園，再一次經過跳水台，緹緹一定責怪他那樣花心。

沈魚換上潛水衣，將小池裡的海豚趕到大池裡，讓牠們在那裡跳躍翻騰，她嘗試命令牠們做一些動作，好讓牠們在正式開場前做好準備。

翁信良逗翠絲和力克玩耍，他已經很久沒有見過牠們了。

「翠絲和力克仍然是一對。」沈魚說：「海豚是懂得愛情的。」
「也許是吧！」翁信良說。
「我不希望牠們懂得愛情。」沈魚說。
「為什麼？」
「懂得愛情就會很容易老呀。」沈魚跟力克接吻。
「差不多開場了，你回去吧。」沈魚跟翁信良說。
翁信良跟翠絲來個飛吻，跟沈魚說：「我回去了。」
翁信良離開表演池，踏上劇場的梯級。沈魚站在表演台上目送他離開，他離她越來越遠。翁信良回頭向她揮手，沈魚用一聲很長很長的哨子聲向他道別。她想，她會一直愛著他這個男人，直至這一口氣完了。
翁信良回到家裡，一直躺在床上，他想，如果可以一直躺下去就好了。他實在不知道怎樣能解決這個問題。咕咕跳到床上，睡在他身旁，翁信良扭著咕咕，把牠的臉壓在床上，牠竟然不反抗。
黃昏，沈魚回到家裡，翁信良和咕咕相擁睡在床上，沈魚輕輕靠近他，翁信良的傳呼機突然響起，他整個人從床上跳起來，把沈魚嚇了一跳。

「妳回來了？」他尷尬地問沈魚。
「是的，誰找你？」
翁信良看看傳呼機，原來是馬樂，他鬆了一口氣，剛才他以為是胡小蝶。
「是馬樂。」翁信良說。
「你嚇得冒了一身冷汗。」沈魚說。
「我給傳呼機的響聲嚇了一跳。」翁信良解釋：「我覆電話給馬樂。」
沈魚抱著咕咕睡在床上，她覺得翁信良有些事情瞞著她。
「馬樂想找我們吃飯。」翁信良說。
「好呀，我很久沒有見過馬樂了。」
馬樂依然是一個人，悠悠閒閒在餐廳裡等待，翁信良和沈魚手牽著手一同出現。
「為什麼臨時才找我們吃飯？」沈魚問他：「有人臨時爽約？」
馬樂苦笑：「妳猜對了，本來約了一位女孩子，她臨時說不來，也許她找到更好的陪吃飯的人選吧。」
「是什麼女孩子？」翁信良問。

「是朋友的妹妹，樣子滿漂亮的，二十歲。」

「二十歲？比你年輕十四歲，你真是老了，開始喜歡少女。」翁信良取笑他。

馬樂不服氣：「男人就有這個好處，三十四歲還可以追二十歲，甚至十八歲。」

「如果是的話，今天晚上就不會給人家甩掉了。」翁信良還擊。

「儘管攻擊我吧！」馬樂說：「你本事，你和沈魚雙雙對對。你兩個什麼時候結婚？」

翁信良的笑容突然變得很惆悵。沈魚低著頭，不知說什麼好。

馬樂覺得自己的問題好像問錯了。

「你連女朋友都沒有，我們怎麼敢結婚？怕刺激你呀。」沈魚開口說。

翁信良很內疚，他知道沈魚在為他打圓場。

「我想吃甜品，芒果糯米、西米糕、黑糯米、珍多冰、嚤嚤喳喳。」沈魚說。

「妳吃那麼多甜品？」馬樂愕然。

「是的，我想吃。」沈魚說。

翁信良沒有忘記沈魚在情緒低落時吃甜品的習慣。

馬樂眼看沈魚一個人吃下五碟甜品，也嚇了一跳：「妳真能吃。」

「這裡的甜品好吃嘛。」沈魚說。

翁信良一直默不作聲。

「我去洗手間。」沈魚往洗手間。

「你們搞什麼鬼？」馬樂問翁信良。

翁信良不知道從何說起。

「你是不是一腳踏兩船？」馬樂問翁信良。

翁信良沒有回答。

「你跟胡小蝶愛火重燃？」

「我很煩，你別再說了！」

「沈魚已經知道了？」

「不知道，她根本不知道胡小蝶的存在。」翁信良頓了一頓：「但，她可能感覺到有第三者出現。」

「你答應過我會好好對沈魚的，現在你打算怎樣？」馬樂質問翁信良。

翁信良火了：「你不要逼我好不好？」

兩個人之間變得一片死寂。沈魚從洗手間出來，發現翁信良和馬樂互相迴避對方的目光。

「夥計，結賬。」馬樂先開口。

翁信良拿出信用卡說：「我付賬。」

侍應生把賬單遞給翁信良。

馬樂連忙搶過賬單：「我付賬。」

翁信良心有不甘，強行把信用卡塞到侍應生的手上：「不要取他的錢。」

馬樂把一張千元大鈔塞給侍應生，將翁信良的信用卡丟在桌上：「我說好由我付賬的。」

馬樂用力太重，信用卡掉在地上，翁信良大怒，推了馬樂一把：「我付賬。」

「你們不要爭！」沈魚尷尬地喝止。

終於由翁信良付賬。馬樂坐在椅上，狠狠地盯住翁信良，翁信良也狠狠地盯住馬樂，他們似乎在精神上扭打了一頓。馬樂恨翁信良對不起沈魚，翁信良妒忌馬樂喜歡沈魚，他們終於正面交鋒。

餐廳外，沈魚站在翁信良和馬樂中間，兩個男人不肯瞧對方一眼。一輛計程車停下，司機等了三十秒，沒有一個人主動上車。司機正想開車，馬樂一邊衝上車一邊說：「再見。」

馬樂走了，剩下沈魚和翁信良。

「你們是不是吵架？」沈魚問翁信良。

「沒有。」翁信良走在前頭。沈魚默默地跟在後面。

電影院外擠滿等看午夜場的人。

「要不要看電影？」翁信良問沈魚。

沈魚搖頭。

「妳等我一會。」翁信良跑上電影院。

五分鐘後，他手上捧著一包爆米花從電影院出來：「妳的爆米花。」

沈魚沒想到他仍然記得為她買一包爆米花，雖然遲了兩天，總好過忘記。

「要不要吃？」翁信良把一粒爆米花放到沈魚口裡。

「不看電影卻買這個。」沈魚笑他。

他們坐在海邊吃爆米花。

「我們很久沒有這樣了。」沈魚說。

「我們兩天前才去過海灘。」翁信良說。

「但你中途離開。」

「我們一起多久了？」翁信良問沈魚。

「不知道，有沒有一年？」

「妳不知道？我以為女人一定會比男人清楚，她們能計算出兩個人一起的時分秒。」翁信良說。

「我從來不計算日子的。」沈魚說：「我害怕會有終結的一天。一直都模糊糊糊、大大概概的話，即使分開，也不用總結長度。愛情的長度不是用時日計算的。」

「妳是一個很聰明的女孩子。」

「不。」沈魚搖頭，「我覺得自己越來越蠢。」

「只有聰明的女孩子才會說自己蠢。」

「不，聰明的女孩子最痛苦的事情是意識到自己蠢。當妳愛上一個男人，妳會突然變得很蠢。」沈魚苦笑。

「妳可以號召海豚跳舞，誰及得上妳聰明？」翁信良笑說。

「那麼，你有沒有事情瞞著我？」沈魚突然問翁信良。

「沒有。」翁信良不得不這樣回答。

「你看，我並不聰明，我以為你有事情瞞著我。」沈魚說。

「我瞞得過妳嗎？」

「比如你跟馬樂的事情——」

「不要說了。」

沈魚聳聳肩：「爆米花吃完了。」

「要不要再吃？」

「好的東西不需要太多。」沈魚牽著翁信良的手：「我一直很想做一件事。」

「什麼事？」

「像翠絲和力克那樣。」沈魚說。

「翠絲和力克？」翁信良不太明白。

「牠們在水裡交配。」

「牠們是海豚，當然是在水裡交配。」

「我也想在水裡。」沈魚凝望翁信良，她用眼神挑逗他。

翁信良看看周遭，很多人在海邊談天：「妳不是說在這裡吧？」

「這裡不行，這裡沒有海豚伴著我們，我心目中的場面是要有一群海豚在旁邊的。」

「沒可能。」

「有可能的。」沈魚說：「我們回去海洋公園。」

「妳別任性。」翁信良制止她。

「怕什麼，海豚又不會告訴任何人，我們也一起看過牠們做愛，讓牠們看一次也很公平。」

「不，不要。」翁信良害怕給別人碰到。

「你是男人來的，怕什麼？」

沈魚和翁信良回到海洋公園，沈魚跟警衛說，她有一些很重要的東西遺留在辦公室。

海豚和殺人鯨都在睡覺，牠們聽到微弱的人聲，紛紛醒來，力克看到沈魚，首先跳上水面，接著翠絲也躍上水面。沈魚脫光衣服，跳到訓練池裡，除了翠絲和力克，還有幾條海豚。沈魚騎在力克身上，力克背著她潛到水底，又飛躍到水面。

「哇！你看到沒有？」沈魚緊緊摟著力克：「牠竟然背著我翻騰，我從來沒有教過牠做這個動作，牠怎麼會做這個動作的？」

力克知道自己被稱讚，得意揚揚地在水面不停擺動身體。

「快下來！」沈魚叫翁信良。

翁信良脫掉衣服鞋襪，躍到水裡，翠絲立即游到他身邊，不斷發出叫聲。

「牠好像也想你騎在牠身上。」沈魚說。

翠絲不斷向翁信良搖尾。翁信良嘗試騎在牠身上，翠絲潛到水底，陡地背著翁信良飛躍。

「哇！」沈魚尖叫：「原來牠要學力克。」

翁信良從翠絲身上跳下來，抱著沈魚，深深地吻她。

「你會記住這一夜嗎？」沈魚問他。

翁信良抱著沈魚，雙雙潛到水裡，像海豚在水裡進行交配。翠絲和力克在水面翻騰，為人類的愛慾喝采。沈魚一直夢想跟自己所愛的人在水裡做愛，並有海豚見證，這一個場面終於發生了，因為在水裡，卻好像並不真實，她要冒出水面，看清楚翁信良，觸摸到他的臉頰，才相信這一切是真的。

「妳有沒有跟別的男人做過這件事？」翁信良躺在水面歇息。

沈魚抱著翠絲，快樂地搖頭：「我的夢想只留給最愛的人。」

翁信良打了一個噴嚏。

「你著涼了。」沈魚說。

「希望我們不會患上肺炎。」翁信良站在水裡說。

「你還沒有回答我，你會記住這一晚嗎？」沈魚抱著翁信良。

翁信良點頭，連續打了兩個噴嚏。

「你真的著涼了。」沈魚說。

「我可能會是第一個因做愛而死於肺炎的男人。」翁信良說。

沈魚跳到他身上說：「你不要死。我最好的朋友已經死了，你不能死，我不能再忍受一次死別。如果用死亡將我們分開，我寧願選擇生離，至少你還活著。」

「如果我死了，妳也許會永遠記著我。」翁信良說。

「就像你永遠記得緹緹那樣？」

「沒辦法，死亡是很霸道的。」

「你是醫生，不歌頌生命，卻歌頌死亡，我要將你安樂死。」沈魚揑著翁信良的脖子，「我知道有一天你會不愛我。」

翁信良捉住沈魚的手：「別胡說。」

「我沒有留住你的本事。」

「留住一個人不是憑本事的。」翁信良說。他覺得他就不是一個本事的男人，他留不住胡小蝶，也留不住緹緹，也許留不住沈魚。

「是愛情選擇了我們，而不是我們選擇了愛情。」沈魚閉上眼睛說。

翁信良在診所裡為一頭導盲犬治療白內障。這頭導盲犬已經十二歲，機能開始衰退。牠失明的女主人說，很害怕牠會死。

「牠已經不能充當導盲犬的工作，牠也需要一頭導盲犬。」翁信良說。

「牠是不是會盲？」失明女主人問翁信良。

翁信良覺得整件事悲哀得有點可笑。導盲犬的主人患有視力萎縮症，她的左眼失明，右眼視力多年來一直萎縮，快要盲了，她大抵想不到導盲犬會比她先盲。

「以後由我來做牠的盲杖吧。」女主人和失明的導盲犬雙雙離開診所。朱寧淚眼汪汪。

「妳哭什麼？」翁信良問她。

「你不覺得他們很可憐嗎？」

「人可憐還是狗可憐？」

「人本來就盲，當然是狗可憐。」

翁信良不禁失笑。這個時候他的傳呼機響起，是胡小蝶找他。胡小蝶終於出現了。翁信良必須面對現實。

翁信良和胡小蝶在北角一間酒店的咖啡廳見面。

「不好意思，這幾天沒有找妳。」翁信良說。

「我這幾天不在香港。」胡小蝶輕鬆地說。

「妳……妳怎麼樣？」翁信良牛頭不搭馬嘴地說。

「要怪只怪我們重逢的時間太壞。」胡小蝶點了一根煙，「你真的很愛她？」

「我和她已經生活在一起。」

「你這個人，從來不會遺棄女人。」胡小蝶說。

翁信良苦笑，這個女人，的確了解他。

「我們可以繼續來往嗎？」胡小蝶問翁信良：「我意思是在大家都想的時候，仍然可以上床。」

「妳可以找到一個好男人的，何必把時間花在我身上？這樣對妳不公平。」翁信良黯然。

「因為你不愛我。」胡小蝶咬著牙說。

「我不是。」翁信良衝口而出。

「算了吧！」胡小蝶揚揚手：「送我回去可以嗎？」

翁信良送胡小蝶到門口：「再見。」

「你為什麼不進來，你怕做錯事？」胡小蝶笑著問他。

翁信良正想開腔，胡小蝶說：「再見。」然後關上大門，她要比他先說不。過去的幾天，她沒有離開香港。

翁信良碰了一鼻子灰，站在門外。胡小蝶剛才不過故作輕鬆，他怎會不知道？她從來就不是一個灑脫的女人。翁信良常常覺得自己負她，他是她第一個男人。但，他始終要負一個女人，唯有採取先到先得的方法。他想起今天來看病的那頭快將失明的導盲犬，覺得自己有點像牠，已經失去辨別前路的能力，只會橫衝直撞。

沈魚與馬樂在咖啡廳見面，她很關心他和翁信良之間的事。她當然不希望翁信良知道她插手。

「你們兩個搞什麼鬼？」沈魚問馬樂。

馬樂聳聳肩：「我和他？沒事呀。」

沈魚沒好氣：「果然是好朋友，說的話一樣。你們真的沒事？」

「沒事。」馬樂說：「翁信良真幸福，有一個這樣關心他的女朋友。」

「我也關心你。」沈魚說。

馬樂苦笑。

「什麼時候跟翁信良結婚？」

「這個問題很老套。」沈魚笑說。

「首先用婚姻霸佔一個男人，然後用愛情留住他。」馬樂這樣說，是怕翁信良會回到胡小蝶身邊，他不能說真話，只好叫她早點結婚。

「你的論調真怪，不是先有愛，然後有婚姻嗎？」

「有愛情未必有婚姻。」馬樂說：「很多時都是功虧一簣。」

「功虧一簣？」沈魚反覆思量馬樂這句話，他會不會向她暗示一些什麼？

「沒什麼意思的。」馬樂急忙解釋：「我只是希望見到你們結婚。」

沈魚失笑：「你會在我們的婚禮上演奏嗎？」

馬樂點頭。

他們一起離開咖啡廳，今夜天氣很好。

「快點找個女人吧！我不想看見你老是那麼孤單。」

「不是我不想，女孩子都看不上我。」馬樂苦笑。

「不是看不上你，是你太好了。」

「如果我那麼好，就不會形單影隻。」
「太好的男人，女人不敢要。」沈魚說。
「我知道我沒有性格。」馬樂笑說。
「我不是這個意思，像你這麼好的男人。女人會到最後才選擇你。」沈魚說。
「那我會耐心等待。」
「有車。」沈魚伸手截停一輛計程車。
「要不要我送妳回去？」
「不用了，再見。」沈魚說。
沈魚在計程車上又想起馬樂那一句「功虧一簣」，即使他沒有任何含意，他說的話，對她是一種啟示。如果她要得到翁信良，便得用婚姻留住他。這是沈魚第一次想到結婚。
翁信良在浴室裡替咕咕洗澡。
「妳回來了。」

「我上星期才替牠洗過澡。」

「是嗎？牠很骯髒。」翁信良說：「其實是我沒事可做。」

沈魚替咕咕擦背，咕咕伏在浴缸上，十分享受。

「回家時看到你在，原來是一種很幸福的感覺。」沈魚跟翁信良說。

翁信良把肥皂泡沫揩在沈魚的臉上：「傻女。」

「我想天天回家都看到你。」沈魚說。

「現在不是嗎？」翁信良反問。

「我們結婚好不好？」沈魚忽然有勇氣提出。

翁信良有點愕然，拿著蓮蓬頭的右手一時之間不知道往哪裡放，只好不斷向咕咕的臉射水。他知道沈魚在等待他的答案。

「我們現在不是很好嗎？」

「算了吧，當我沒有說過。」沈魚覺得很難堪，看來這個男人並不打算跟她結婚。

翁信良拉住沈魚：「為什麼一定要結婚？」

「我不過想知道你愛不愛我，我現在知道了。」沈魚咬著牙說。

「這跟結婚有什麼關係？」

「我未必想結婚，我只是想聽聽你的答案。」沈魚甩開翁信良的手。

沈魚躺在床上，不斷為翁信良找藉口辯護，男人都害怕結婚，他可能也害怕吧。不，他不是曾經想過跟緹緹結婚嗎？他不是害怕結婚，而是不想跟她結婚。翁信良躺在她身邊，他正在熟睡，她痛恨他，他寧願和緹緹結婚，卻不願和她結婚。不，他可能是真的害怕結婚的，因為緹緹在結婚前死去，他不想再有一個他所愛的人在跟他結婚前死去。

沈魚看著睡在她旁邊的翁信良，他不是不想跟她結婚，他是害怕她會死。沈魚溫柔地撫摸他的臉，他是個受驚的男人。翁信良被沈魚弄醒，睜眼看著她，沈魚壓在翁信良身上。

「我不是想迫你結婚。」沈魚對翁信良說：「我不知道自己想怎樣，其實我也不過說說罷了。」

翁信良抱著沈魚，他不知道她為什麼改變主意。他害怕結婚，莫名其妙地害怕結婚，緹緹便是在跟他結婚前死去。他常常想，如果不是為了要跟他結婚，緹緹可能不會死。緹緹是唯一一個他想跟她結婚的女人。當沈魚提出結婚，他想起緹緹，想起懷著幸福死去的緹緹。

翁信良早上回到診所，一直想著結婚的事，沈魚為什麼突然想結婚呢？沈魚從來不像一個需要結婚的女人。翁信良突然覺得愛情是一件很惱人的事。今天，有一頭阿富汗雌犬來接受結紮手術，牠那位富泰的女主人在一旁喋喋不休：

「做了結紮手術，是不是一定不會懷孕？」

「機會很微。」翁信良說。

「什麼叫機會很微？」

「紮了輸卵管的女人也有可能懷孕，我只可以告訴妳牠懷孕的機會很微。」

「左鄰右舍的狗都對牠虎視眈眈呢，我不想牠生下一胎雜種狗，牠就是有點水性楊花。」富泰女主人頗為動氣。

「哪有守身如玉的狗？」翁信良說。

富泰女主人一時語塞。

「牠要留在這裡一晚觀察。」翁信良說。

富泰女主人走了，她身上掛的飾物在她走起路來時所發出的聲響比這頭阿富汗狗脖子上的鈴鐺還要響亮。

翁信良把阿富汗狗放進鐵籠裡，他蹲下來，跟牠對望，牠疲憊地伏在籠裡，牠生育的權利被剝奪了，在無聲抗議。

翁信良想，如果狗有愛情，牠會比現在更疲憊。

翁信良吃過朱寧替他買的三明治，下午的工作很輕鬆，只有一頭患了皮膚病的魔天使由主人帶來求診。

就在這時候，胡小蝶抱著叮噹跑進來。

「你快看看叮噹。」胡小蝶叫翁信良。

「什麼事？」翁信良連忙替叮噹檢查。

「牠這幾天一直沒有小便，今天早上小便有血，到了下午，動也不動。」

「妳現在才帶牠來？」翁信良責備她，憑他的經驗，叮噹的生命可能保不住，「我要替牠照X光。」

X光片出來了，叮噹的膀胱附近有一個瘤。

「牠患了膀胱癌。」翁信良說。

「嗄？」胡小蝶吃了一驚，她以為只有人才會患膀胱癌：「那怎麼辦？」

「我要將牠安樂死。」翁信良難過地掃著叮噹身上的毛，叮噹衰弱地伏在手術桌上。

「不可以。」胡小蝶哭著說：「不要殺死牠。」

「牠現在生不如死。」

「不要。」胡小蝶抱起叮噹：「我帶牠去看別的醫生，或者有人可以救牠。」

「妳不信我嗎？」

「牠陪我度過最灰暗的日子，我不捨得牠死。」

翁信良心軟，跟胡小蝶說：「這樣吧，把牠留在這裡一晚，如果牠可以捱過今天晚上，我便暫時放棄將牠安樂死。」

胡小蝶含淚點頭。翁信良將叮噹放在一個籐籃內，他不想將牠關在籠裡，在牠離開人世之前，牠應該享受一下自由，況且現在牠也無法到處走了。胡小蝶站在籐籃前，低聲呼喚叮噹的名字，從前牠聽到別人呼喚牠的名字，牠總是輕輕搖動兩下尾巴，現在牠連這個動作都做不來。

沈魚下班後突然想起很久沒有接翁信良下班了，也很久沒有見過朱寧，自從對朱寧沒有戒心，認為她不會愛上翁信良之後，她便沒有找她。沈魚買了一盒西餅，準備拿去給翁信良和朱寧。

胡小蝶從皮包裡拿出一包駱駝牌香煙，點了一根，深深地吸了一口。

「妳不是換了牌子嗎？」翁信良問她。

「哦，改不了。」

「妳回去休息吧。」翁信良說：「今天晚上我會陪著牠，回去洗個臉吧。」

「讓我先抽完這根煙。」

沈魚拿著西餅來到診所。

沈魚進來了，診所裡有三對眼睛同時望著她，包括朱寧、翁信良和胡小蝶。沈魚認出胡小蝶來，她是那天晚上在急診室裡的黑衣女子，她們在狹小的洗手間裡擦身而過，那時她正在抽駱駝牌香煙，因為她長得漂亮，所以沈魚對她印象深刻。本來在翁信良診所碰到她也不是什麼大不了的事情，她可能剛好又有一頭寵物吧，但翁信良的眼神實在令人懷疑，不知道是由於對沈魚突然到來感到愕然，還是為另外一個原因，總之他的神態很不自然。

「沈小姐。」朱寧首先叫她。

「我買了西餅給你們。」沈魚生硬地回答。

「妳先回去，明天再來看看牠的情況吧，胡小姐。」翁信良跟胡小蝶說。

胡小蝶狠狠地望住翁信良，她在這個女人面前，竟然跟她劃清界線，稱呼她做胡小姐。

「什麼事？」沈魚問翁信良。

「我的波斯貓快要死了。」胡小蝶不等翁信良開口，自己跟沈魚說話。

沈魚看見一頭衰弱的灰白色毛波斯貓伏在籐籃裡，牠看來真是快要死了。

沈魚上前，伸手去撫摸牠：「牠真的要死嗎？」

「是的。」胡小蝶說：「是一個要好的朋友把牠送給我的。」

沈魚問：「妳朋友呢？」

「他死了。」胡小蝶狠狠地盯住翁信良。

翁信良站在那裡，毫無反擊之力。

「死了？」沈魚詫異。

「是呀！是患梅毒死的。」胡小蝶說。

沈魚回頭望著胡小蝶，難以相信她這麼隨便將一個朋友的死因告訴她。

「翁醫生，我明天再來看牠。」胡小蝶把煙蒂擠熄在一個隨身攜帶的煙灰碟裡。

「診金多少？」胡小蝶問朱寧。

「明天再算吧！」翁信良說。

「再見。」胡小蝶跟沈魚說。

沈魚抱起虛弱的叮噹，難過地說：「牠真的快要死了？」

「是呀，牠患了膀胱癌。」朱寧哽咽：「牠從前好幾次來看病還是很好的。」

沈魚把叮噹放到籐籃裡，朱寧說：「從前好幾次……」這頭貓的女主人並不是頭一次在診所出現，翁信良早就見過她了，但為何那天晚上在急診室裡，他們好像不認識對方？

「她抽駱駝牌香煙是吧？」沈魚問翁信良。

「好像是。」翁信良把一瓶止痛劑抽進一支針管裡。

「我以為很少女人會抽這麼濃的煙。」

翁信良替叮噹注射止痛劑。

「是什麼藥？」沈魚問。

「替牠減輕痛苦的藥。」翁信良說。

「她是不是就是那個抽駱駝牌的彼得？」沈魚問翁信良。

翁信良將針管從叮噹身上抽出來，丟到垃圾桶裡。

「妳說到哪裡去了？」翁信良收拾桌面上的藥物。

「我胡扯罷了。」

「沈小姐，西餅很好吃。」朱寧用舌頭去舔西餅上的奶油。

沈魚難過得想吐。

「我今天晚上要留在這裡觀察牠的情況。」翁信良低頭說。他實在不知道怎樣面對沈魚，他覺得自己已經差不多被揭穿了。

「噢，那我先回去了。」

沈魚衝出診所，跑了一大段路，直至沒法再跑下去才停下來，她忍不住吐了。一切好像在玩一個將有關係的事物連接在一起的遊戲——抽駱駝牌從不現身的彼得、抽駱駝牌的女人、急診室的女子、診所裡充滿恨意的女人，多個月來心神不屬的翁信良，還有垂死的貓。
這個遊戲意味著第三者已經出現。

第四章 海豚的擱淺

與其看著他首先離開，倒不如首先承認自己不忠。
要承認自己不忠比承認別人不再愛你容易得多。

翁信良從抽屜裡拿出一個公文袋，公文袋裡面的東西，是認識緹緹和沈魚以前的一些私人物件，不方便放在家裡。翁信良抽出一張照片，是胡小蝶抱著叮噹在他家裡拍的照片。那時的胡小蝶和叮噹都比現在年輕和開朗。叮噹已經十四歲，這麼老了，難逃一死。

叮噹在籐籃裡發出微弱的呻吟聲，看來止痛劑的效用已經消失了。翁信良拿出一瓶嗎啡，替叮噹注射。

晚上十時三十分，翁信良仍然在重複翻看以前的照片和信件。電話響起，是胡小蝶。

「你還沒有走？」

「我今天晚上不走。」翁信良說。

「我可以來看看叮噹嗎？」

「可以。」

二十分鐘後，胡小蝶來到診所。

「牠怎麼了？」胡小蝶湊近叮噹。

「牠在睡。」翁信良說：「我替牠注射了嗎啡。」

「你將牠安樂死吧。」胡小蝶冷靜地說。

「妳改變主意了？」翁信良有點意外。

「牠沒有必要為了我們生存下去，」胡小蝶哽咽：「是你把牠送給我，所以我捨不得讓牠死，寧願牠痛苦地生存，我太自私，沒有必要要三個成人和一隻貓和我一起痛苦，請你殺了牠吧！」胡小蝶嚎哭。

「妳別這樣。」翁信良安慰她。

胡小蝶抱著翁信良。

「不要哭。」翁信良難過地說。

「不要離開我。」胡小蝶說。

沈魚泡在浴缸裡已經一個小時，只要回到水裡，她的痛楚便可以暫時減輕，水是她的鎮痛劑。她不斷在玩那個將有關聯的事物連結在一起的遊戲，她越來越肯定抽駱駝牌的彼得是虛構的。那個姓胡的女人長得像緹緹，所以翁信良迷上了她。

儘管她多麼努力，翁信良還是忘不了緹緹。沈魚裸著身子從浴缸走出來，穿過大廳，走到睡房，身子的水一直淌到地上，好像身體也在哭泣。她拿起電話筒，毫不猶豫地撥了一個號碼，響了三下，對方來接電話。

「喂——」是翁信良的聲音。

沈魚立即放下電話。

她本來想問翁信良：「你什麼時候回來？」撥號碼的時候毫不遲疑，聽到他的聲音，卻失去了勇氣。

「是誰？」胡小蝶問翁信良。

「不知道。」

「兩點多了。」胡小蝶疲倦地挨在翁信良身上。

他們聽到叮噹發出幾聲淒厲的呻吟聲，已經是凌晨五點鐘。叮噹的樣子痛苦得教人目不忍睹。

「到外面等我。」翁信良跟胡小蝶說。

胡小蝶知道這是她跟叮噹訣別的時刻了，她抱起牠，深深地吻了牠一下，淚水沾濕了牠的臉。

翁信良在叮噹的屁股上打了一針，溫柔地撫摸牠的身體，牠的身體冰冷，他給牠人世最後的溫暖，牠終於安詳地睡了。這是他養了五年的貓。

翁信良走出診療室，跟胡小蝶說：「我送妳回去。」

「叮噹的屍體怎麼辦？」胡小蝶哭著問他。

「診所開門之後會有人處理。」

翁信良陪胡小蝶回家，胡小蝶雙眼都哭腫了，疲累地躺在床上。翁信良一直坐在床邊。

「你不要走。」胡小蝶說。

翁信良站起來。

「你要去哪裡？」胡小蝶緊緊地拉著他的手。

「我去倒杯水。」

胡小蝶微笑點頭。

翁信良到廚房喝水，診所裡那個電話該是沈魚打來的吧？像她那麼聰明的女人，應該已經猜出是怎麼一回事了。他實在無法回去面對她，但逃避她似乎又太無情。

天已經亮起來，今夜沒有一個人睡得好。翁信良走進睡房。胡小蝶抱著一個枕頭睡著了，睡得像個孩子，她真正缺乏安全感。翁信良為她蓋好被才離開。

沈魚裸著身體躺在床上，她沒有睡著，連衣服都不想穿，翁信良頭一次徹夜不歸，她很渴望他回來，又害怕他回來會跟她攤牌，她害怕自己會發狂。沈魚聽到有人用鑰匙開門進來的聲音，應該是翁信良，她立即用被子蓋著身體，故意露出半個乳房，並且換上一個誘人的睡姿，希望用身體留住這個男人。她已經沒有其他辦法。

翁信良經過浴室，咕咕正在舐浴缸裡的水，翁信良阻止牠，並把浴缸裡的水放了。浴室的地上濕漉漉，從大廳到睡房，也有一條濕漉漉的路，翁信良走進睡房，沈魚正在以一個誘人的姿勢睡覺。

翁信良走到床邊，看到露出半個乳房的沈魚，為她蓋好被。他自己脫掉鞋子，躺在床上，實在疲倦得連眼睛也睜不開。沈魚偷偷啜泣，他對她的裸體竟然毫不衝動，完了，完了。

「那隻波斯貓怎麼樣？」

「安樂死了。」翁信良說。

「她的主人一定很傷心。」沈魚說。

「睡吧。」翁信良說。

沈魚怎能安睡呢？這個男人很明顯已經背叛了她。

早上七時三十分，沈魚換好衣服上班。

翁信良睜開眼睛。

「你再睡一會吧，還早。」沈魚說。

「哦。」

「你是不是那個患上梅毒死了的貓的主人？」沈魚笑著問他。

翁信良不知道怎樣回答。

「我隨便問問而已。」沈魚笑著離開。

翁信良倒像個被擊敗的男人，蜷縮在床上。

沈魚在電梯裡淚如雨下，她猜對了，那隻波斯貓是翁信良送給那位胡小姐的，她不知道他什麼時候送的，總之是他送的。女人的感覺很敏銳，當姓胡的女人說貓的主人患梅毒死了，她的眼神和語氣都充滿怨恨，似乎故意在戲弄一個人。

沈魚在電話亭撥了一個電話到辦公室表示她今天不能上班。

「我病了。」她跟主管說。

「什麼病？」

「好像是梅毒。」她冷冷地告訴對方。

沈魚為自己的惡作劇感到高興。她走進一間西餐廳，叫了一杯雪糕新地。

「這麼早便吃雪糕？」女侍應驚訝地問她。

雪糕端上來了，她瘋狂地吃了幾口，心裡卻酸得想哭。她撥了一個電話給馬樂，他不在家，她傳呼他，留下餐廳的電話。

「再來一客香蕉船。」沈魚吩咐女侍應。

沈魚吃完一客香蕉船，馬樂還沒有覆電話。沈魚結了賬，走出餐廳。

「小姐！」剛才那位女侍應追到餐廳外面找她：「妳的電話。」

馬樂的電話好像黑暗裡的一線曙光，沈魚飛奔到餐廳裡接他的電話。

「喂，沈魚，是不是妳找我？」馬樂那邊廂很吵。

「你在什麼地方？」

「我在街上打電話給妳，剛才在車上，妳不用上班嗎？有什麼事？」

「沒……沒什麼，你不用上班嗎？」

「我正要回去練習。」

「那沒事了。」沈魚沮喪地說。

「妳來演奏廳找我好嗎？只是練習，可以跟妳談一下的。」馬樂說。

「我看看怎麼樣。」沈魚掛線。

沈魚走出餐廳，截了一輛計程車，來到翁信良診所對面的公園裡。她坐在花圃旁邊，診所還沒有開門。

九時正，朱寧出現，負責開門，已經有人帶著寵物來等候。九時十分，翁信良回來了，他看來很疲倦。沈魚一直坐在公園裡，望著診所裡的一舉一動。午飯時間，翁信良並沒有外出，到了下午，姓胡的女人沒有出現。沈魚終於明白自己在等什麼，她等那個女人，下午四時，她的傳呼機響起，是翁信良傳呼她。

沈魚跑到附近一間海鮮酒家借電話。

「喂，你找我？」沈魚覆電話給翁信良：「什麼事？」

「沒……沒什麼，妳在公司？」

沈魚伸手到飼養海鮮的魚缸裡，用手去撥魚缸裡的水，發出水波蕩漾的聲音：「是呀，我就在水池旁邊。」

就在這時，沈魚看見胡小蝶走進診所。

胡小蝶推開診療室的門，把翁信良嚇了一跳。

「不打擾你了。」沈魚掛了電話。

翁信良好生奇怪，沈魚好像知道胡小蝶來了，那是不可能的。

「你今天早上答應不會走的。」胡小蝶說。

翁信良拉開百葉簾，看看街外，沒有發現沈魚的蹤跡。

沈魚使勁地用手去撥魚缸裡的水，水好像在怒吼，一尾油鯧游上來在她左手無名指的指頭咬了一口，血一滴一滴在水裡化開。她把手抽出來，指頭上有明顯的齒痕，想不到連魚也咬她。

沈魚截了一輛計程車到演奏廳。她用一條手帕將無名指的指頭包裹著，傷口一直在流血。

演奏廳裡，馬樂和大提琴手、中提琴手在台上練習。沈魚悄悄坐在後排，馬樂看見她，放下小提琴，走到台下。

「妳去了什麼地方，到現在才出現？」

「妳的手指有什麼事？」馬樂發現她的左手無名指用一條手帕包裹著，手帕染滿鮮血。

「我給一條魚咬傷了。」

「不是殺人鯨吧？」馬樂驚愕。

「殺人鯨不是魚，是動物。我給一條油鎚咬傷了。」

馬樂一頭霧水：「海洋公園也訓練油鎚嗎？」

沈魚聽後大笑：「馬樂，我還未學會訓練油鎚。」

「我去拿消毒藥水和膠布來。」馬樂走到後台。

沈魚的指頭很痛，痛入心脾。左手無名指是用來戴結婚戒指的，這可能是一個啟示吧！她的手指受傷了，戴上婚戒的夢想也破滅了。

馬樂拿了藥箱來，用消毒藥水替沈魚洗傷口，然後貼上膠布。

「謝謝你。」沈魚說。

「妳不用上班嗎？」

「我不想上班。」

「發生了什麼事？」

「你一直知道沒有抽駱駝牌香煙的彼得這個人，是不是？」

馬樂的臉色驟變。

沈魚證實了她自己的想法。

「翁信良跟那個姓胡的女人一起多久了？」沈魚問他。

馬樂不知如何開口。

「請你告訴我。」沈魚以哀求的目光看著馬樂。

「我不能說，對不起。」

「我保證不會告訴翁信良，求求你，一個人應該有權知道她失敗的原因吧？」

馬樂終於心軟：

「她是翁信良從前的女朋友。」

「從前？」沈魚有點意外。

「就是在機場控制塔工作的那一個。她最近失戀了。」

「她和翁信良舊情復熾，是不是？」

「這個我真的不知道，翁信良只跟我說過那個女人想回到他身邊。」

「我以為她是後來者，原來我才是。」沈魚苦笑。

「不，她才是後來者，她和翁信良本來就完了。」

「為什麼我總是排在榜末。」沈魚說。

「他不可能選擇胡小蝶的。」馬樂說。

「他還沒選擇。」沈魚說：「你信感覺嗎？」

馬樂點頭。

「我很相信感覺，我和海豚之間的相處，全靠感覺。我覺得我會失去他。」沈魚說。

「妳從前不是這樣的。」馬樂失望地說：「妳從前是一個很會爭取的女人。」

「是啊！是我把翁信良爭取回來的。原來你去爭取是沒有用的，最重要是別人爭取你。」沈魚說：「你覺得胡小蝶是不是很像緹緹？」

「不像。」馬樂說。

「為什麼我覺得她像緹緹呢？」

「妳害怕會輸給她，把她想像成緹緹的話，輸了也比較好受。」馬樂一語道破。

「不，她身上有某種氣質很像緹緹，我說不出來。」沈魚的指頭還在不停淌血。

「妳要不要去看醫生，聽說油鎚咬人是有毒的。」馬樂說。

「好呀，死在一條油鎚手上這個死法很特別，我喜歡。」沈魚笑得花枝亂顫。

馬樂站起來：「沈魚，妳從前不是這樣的，妳以前的堅強和活力去了哪裡？」

「已經埋葬在我的愛情裡。」沈魚說。

「那妳應該離開翁信良，他把妳弄成這個樣子。我真不明白妳為什麼會愛上他。」馬樂忿忿不平。

「如果我明白，我便不用來問你。」沈魚淒然苦笑。

「我真不明白翁信良這傢伙有什麼魔力！」馬樂說。

沈魚站起來向馬樂告別：「你回去練習吧，我不打擾你了。」

「妳自己應付得來嗎？」馬樂問沈魚。

沈魚點頭。

「我替妳叫一輛車。」馬樂說。

「不用，我想坐渡輪。」

「那我送妳到碼頭。」

「妳打算怎樣？」馬樂問她。

「不知道。」

「要不要我跟翁信良說？」

「這件事由我自己來解決。」沈魚站在閘口說：「我要進去了。」

馬樂突然擁抱著沈魚。沈魚說：「謝謝你。」

馬樂輕輕放手，沈魚入閘了，她回頭向他揮手。渡輪離開碼頭，霧色蒼茫，馬樂獨個兒踱步回去，他不知自己剛才為什麼會有勇氣擁抱沈魚。當她跟他說：「我要進去了。」他突然有一種強烈的依依不捨的感覺，好想抱她，沒有想過可能被拒絕，幸而沈魚沒有拒絕。但她說：「謝謝。」又令馬樂很沮喪，她並不愛他，她是感謝他伸出援手。

沈魚坐在船艙後面，海風把她的頭髮吹得很凌亂，對於馬樂突如其來的擁抱，她並不抗拒，那一刻，她也想擁抱他，在閘口前，她很想得到一份慰藉，很想依偎在一個男人的懷抱裡，而馬樂出手了。她覺得很悲哀，在她最孤立無援的時候，她所愛的男人並沒有伸出援手，反而她不愛的卻出手。

沈魚回到家裡，咕咕嗅到一股血腥味，在她身上搜索。

「不要，咕咕。」沈魚抱著咕咕。

「妳的手指有什麼事？」翁信良問她。

「沒事。」

「還說沒事？」翁信良捉著沈魚的手：「正在流血。」翁信良撕開膠布，看到一個很深的齒痕。

「是誰咬妳？」

「不用你理我！」沈魚歇斯底里大叫出來，把翁信良嚇到。

沈魚跑進浴室裡，把左手放在流水下，讓水把血沖走。

她的臉色變得很難看。

翁信良站在浴室外說：「妳這樣不行的，我替妳止血。」

沈魚沒有理會他，繼續用水沖洗傷口。

「妳聽到我說話嗎？」翁信良把水龍頭關掉。
「你沒有話要跟我說嗎？」沈魚問翁信良。
翁信良默然。
「我受夠了！」沈魚說：「我辦不到！我辦不到當作什麼事都不知道。」
「妳想知道些什麼？」翁信良問沈魚。其實他和沈魚一樣，都在逃避。
「你和那個女人的關係。」沈魚說。
「對不起——」翁信良內疚地說。
沈魚一巴掌摑在翁信良臉上，翁信良很震驚，沈魚也很震驚，但，除了掌摑之外，她實在無法宣洩她對這個男人的恨和愛，他竟背叛她。
翁信良站在那裡，仍然震驚，他從來沒有被女人打過。
「我替妳止血。」翁信良說。
「是我的心在流血。」沈魚指著心臟說。
翁信良捉住沈魚的左手，用棉花蘸了消毒藥水替她洗傷口，又用紗布包紮傷口。
沈魚站在那裡，看著翁信良細心為她把傷口包紮好，他一直低著頭，一絲不苟。用剪刀剪開紗布時，他先用自己的手指夾著紗布，避免剪刀會觸及沈魚的手指，他縛好紗布，溫柔地問她：「會不會太緊？」

沈魚的眼淚一直淌下來，她多麼不願意失去這個男人！她心痛地愛著他，她的一顆眼淚滴在他的手背上，他不敢抬頭望她。

沈魚撲在他的懷裡嚎哭：

「你是不是不再愛我？」沈魚問。

「別傻！」翁信良抱著她。

「你回答我。」

翁信良不知道怎樣回答她。他和沈魚一起，一直覺得壓力沉重，他知道她並非有意給他壓力，所以他不想告訴她，不想她傷心。

沈魚望著翁信良：「你愛她！我是不是比不上她？」

「不要拿自己跟她比較。」

「但你現在愛她！」

「不是。」翁信良說。

「那你愛她還是愛我？」沈魚逼問他。

翁信良很苦惱，女人為什麼一定要問這個問題？她們難道不明白男人可以同時愛兩個女人嗎？

「愛妳。」翁信良回答，這是他唯一可以選擇的答案。

「騙人。」沈魚說：「你從來沒有愛過我，你只是把我當作緹緹的代替品，你從來沒有珍惜過我為你所做的一切！」

「妳以為我沒有嗎？」

「是的，你有。」沈魚冷笑：「如果你不珍惜，你早就離開我了！對不對？你以為我需要施捨嗎？」

「我不是施捨妳。」翁信良說：「在我最困難的日子，是妳在我身邊。」

沈魚抱著翁信良，心裡感到一絲寬慰。

就在這個時候，翁信良的傳呼機響起來。

「不要覆機，我求你，不要覆機。」沈魚抱緊翁信良，不讓他看傳呼機。

「讓我看看是誰找我，也許是重要事情。」

沈魚從翁信良身上拿走他的傳呼機：「不要看，一定是她。答應我，不要覆機。」

身邊。

翁信良無可奈何，點頭答應。

沈魚抱著翁信良，她覺得自己很傻，然而她沒有其他更好的方法把他留在身邊。

胡小蝶守在電話旁邊，電話像一具死屍，毫無反應。翁信良向她撒謊，他叫她先回家，他說會給她電話，可是他沒有。她早知道不應該放他回家，他回家看到那個女人便會心軟。胡小蝶不斷傳呼他，翁信良一直沒有回應，她把電話扔到地上，把它扔得粉碎。

沈魚悄悄拔掉電話的插頭，連同翁信良的傳呼機，一併鎖在抽屜裡。

「我們去一次長途旅行好不好？」沈魚問翁信良。

「妳想去什麼地方？」

「什麼地方都可以。」沈魚只想帶走翁信良。

午夜，沈魚醒來，不見了翁信良，她跑出大廳，看見他蹲在地上想找什麼似的。

「你是不是想找電話？」沈魚質問他。

翁信良在沙發下面找到一隻拖鞋，他腳上只有一隻拖鞋。

沈魚知道誤會了他，她很後悔說出這樣一句話，男人一定恨女人不信任他。沈魚跑到睡房，把電話和翁信良的傳呼機從抽屜拿出來。她把傳呼機交給翁信良。

翁信良把傳呼機放在桌面，看也不看，跟沈魚說：「回去睡覺。」

胡小蝶拾起地上的電話，電話已給她扔得粉碎，無論如何打不出去。她就只有這一部電話，要是翁信良找她，一定找不到。他到底有沒有打電話來呢？也許他在逃避她，故意不打電話給她。

胡小蝶不想再等了，她換了一套衣服，拿了錢包跑出去，來到一間便利店，她無論如何要打電話到傳呼台問一問翁信良有沒有覆機。一個看來好像吃了迷幻藥的少女霸佔著電話不停說粗言穢語，胡小蝶耐心地站在她身後等候，可是，少女似乎無意放下電話，她對胡小蝶視若無睹。胡小蝶忍無可忍，她跑到櫃檯，問收銀員：「這裡有沒有電話出售？」

「電話？我們沒有電話出售。」女收銀員冷冷地說。

迷幻少女抱著電話筒坐在地上，繼續說著一堆粗言穢語，胡小蝶上前，用手按了一下電話按鈕，電話斷了線。迷幻少女抱著電話筒繼續說話，胡小蝶把她移開，從她手上拿起電話筒，迷幻少女繼續不停說粗話。胡小蝶成功奪取了電話，打到傳呼台，問接線生：「他有沒有覆機？我姓胡的。」

答案是沒有。

清晨，沈魚醒來，翁信良已穿好衣服站在床邊。

「我要上班了。」翁信良說。

「我等你回來。」

翁信良回到診所，診所外聚集了大批人群。

診所的一扇玻璃大門給人砍碎了，地上全是玻璃碎片。診所內的家私雜物給人翻倒了，兩隻留宿的貓和一條留宿的狗被放在手術枱上，安然無恙。

「要不要報警？」朱寧問翁信良。

「不用，我知道是誰做的。」

「誰？」朱寧愕然。

「把東西收拾好，立即找人來裝嵌過另一塊玻璃，快去。」翁信良吩咐朱寧。

翁信良把診療室內的枱椅搬好，將貓和狗放回籠裡。他知道是誰做的。

電話響起，是馬樂。

「中午有空嗎？我有事跟你說。」馬樂說。

「好的。」

翁信良約好馬樂在餐廳見面。

「你怎麼搞的？」馬樂劈頭第一句便問他。

「給我一份午餐。」翁信良跟侍應生說。

「你選擇沈魚還是胡小蝶？」馬樂說。

「要咖啡還是要茶？」侍應生問翁信良。

「兩種都不要。」翁信良說。

「兩個都不要？」馬樂說。

「連你也逼我？」翁信良笑著問馬樂。

「這件事早晚要解決。」

「是沈魚告訴你的？」

馬樂不作聲。

「我準備逃走。」翁信良說。

「逃走？」

翁信良點頭：「立即逃走，這樣對大家都好。」

「不負責任。」馬樂罵他。

「做個負責任的男人是一件很痛苦的事。」翁信良苦笑：「我現在唯一想到的事便是逃走，去一個沒有愛情的地方。」

翁信良這樣說，馬樂也無言以對。

「我走了，你替我照顧沈魚。」

「你只懂逃避，失去胡小蝶，你逃到日本。失去緹緹，你便逃到沈魚那裡。我不會替你照顧你的女人，你要照顧她們便自己照顧她們。」馬樂說。

「我對著動物這麼多年，忽然才明白動物比人類幸福，牠們沒有煩惱。」

翁信良回到診所，大門玻璃已重新裝嵌好，朱寧還是惴惴不安。

「醫生，到底是誰做的？」朱寧問。

翁信良沒有回答，逕自走入診療室，朱寧也不敢再問。翁信良把抽屜裡的東西統統拿出來，連護照也在這裡。他真的想走，到哪裡好呢？到巴黎拜祭緹緹？可是，他從來不是一個不辭而別的男人，在離去之前，他要先去見見胡小蝶和沈魚。他又把護照放回抽屜裡。

下班後，他走上胡小蝶的家。翁信良按門鈴按了很久，沒有人來開門，但他可以感覺到有一雙眼睛正透過防盜眼監視他，他彷彿聽到貼著大門有一聲聲沉重的呼吸聲，他知道胡小蝶在裡面。他站在那裡良久，不再按門鈴，她硬是不給他開門。他轉身想走，大門開了，胡小蝶站在門後。胡小蝶望著他，他望著胡小蝶，兩雙疲累的眼睛在互相憐憫，胡小蝶撲在他懷裡嗚咽。

「對不起。」胡小蝶說。

「妳沒有縱火燒掉我的診所已經很好。」翁信良安慰她。

「你怎麼知道是我做的？」

「除了妳，還有誰？」

「是的，沒有人比我更恨你。」胡小蝶緊緊地抱著翁信良：「我以為你不會再見我了。」

翁信良本來是來道別的，可是，他見到這個楚楚可憐的女子，卻說不出口。

翁信良看到胡小蝶的右手用紗布包紮著：「妳的右手怎麼了？」

「給玻璃割傷了，你診所的玻璃。」胡小蝶向翁信良撒嬌：「都是你！」

「要不要去看醫生？」

「你不是醫生嗎？」

「我是獸醫。」翁信良說。

「把我當作野獸來醫也可以，我覺得自己昨天晚上像一頭野獸。」

胡小蝶發現翁信良仍然站在門外，跟他說：「你要走嗎？為什麼不進來？」

翁信良進入屋裡，胡小蝶把大門關上。

茶几上的電話被破開了兩邊。

胡小蝶抱著翁信良不肯放手，「我們一起去旅行好不好？去一次長途旅行，去一個很遠很遠的地方，忘記這裡的一切。」

翁信良不禁苦笑，沈魚不是提出過同樣的要求嗎？他一個人怎麼能和兩個女人逃走？她們是絕不會放過他的。

「你今天晚上留在這裡不要走。」胡小蝶吻翁信良的脖子。

「不行。」翁信良硬起心腸說：「我們不可能再一起。」

胡小蝶驚愕地望著他，她不相信翁信良竟敢說這番話。

「你仍然恨我當天離開你。」

「不。」翁信良說：「我不想再夾在兩個女人之間，我是來跟妳說再見的。」

胡小蝶憤然摑了翁信良一巴掌。

翁信良失笑：「一人一巴掌，很好。」

「你走！」胡小蝶向翁信良叱喝。

翁信良只好離開。胡小蝶伏在沙發上痛哭，她失敗了，她自以為她的美貌所向無敵，最終也輸了。

翁信良坐在小巴上，想著胡小蝶的一巴掌，他在兩天之內，連續給兩個女人掌摑。

沈魚在家裡弄了一大盆芒果布丁，她從來沒有弄過這麼大盆的布丁。她用了十二盒芒果果凍粉、十個芒果、六瓶鮮奶、六只雞蛋，用光家裡所有盆子和碟子來盛載這份足夠二十四個人享用的芒果布丁。

她的憂傷要用許多甜品才能填滿。可是，甜品弄好了，家裡每一個角落、桌上、茶几上、電視機上、睡床上、浴室水箱上，都放滿了一盆一盆的芒果布丁，整間屋子飄著芒果的香味，沈魚卻不想吃了，如同一個人傷心到無法流出一滴眼淚。

她無法使自己閒下來，閒下來她便會胡思亂想，胡思亂想之後，翁信良還沒有回來，她便猜想他正在跟胡小蝶纏綿，或者他不會再回來。

沈魚拿起電話簿，她想隨隨便便找一個人聊天打發時間，那個人最好不知道她的故事。她在電話簿上發現王樹熊的電話，她已經很久沒有跟他見面，上一次見面是緹緹的生日。她撥電話給王樹熊。沈魚不想再留在家裡等翁信良，她害怕他不回來。

沈魚跟王樹熊在餐廳見面。王樹熊仍然是老樣子，他最近認識了一位新的女朋友。

「妳近來好嗎？」王樹熊問沈魚。

沈魚喝了一口紅酒，輕輕地說：「很好，我和我的男人很好。」

「能把妳留在身邊的男人，一定很厲害。」王樹熊說。

「是的，他很厲害。」沈魚說。
「他是幹什麼職業的？」
「對付野獸，像我這種野獸。」沈魚又喝了一口紅酒。
王樹熊不大明白。
「想跟我上床嗎？」沈魚問王樹熊。
王樹熊有點愕然。
「想還是不想？」沈魚問他。
王樹熊有點尷尬，他和沈魚從來沒有上過床，況且她還有要好的男朋友。
沈魚把杯裡的紅酒乾了，站起來，問王樹熊：「去你家好不好？」
「我那裡不大方便，我女朋友有我家的鑰匙。」
「去旅館吧，反正我這麼大個人從來沒有去過那種地方。」沈魚說。
「我也沒有去過。」王樹熊尷尬地說。
「走吧。」沈魚拉著王樹熊的手。
他們登上一輛計程車。
「九龍塘。」沈魚跟司機說。

王樹熊有點不自然，沈魚一直滿懷心事看著窗外，她看來並沒有那種準備上床的心情。

「妳沒事吧！其實我不一定要去——」

「沒事。」沈魚繼續望著窗外。

計程車駛進一間汽車旅館，他們下車，進入旅館大廳，裡面燈光昏暗，王樹熊有點兒緊張。一個女人領他們進入一個房間，王樹熊付了房租。

「我想先洗一個澡。」沈魚說。

王樹熊坐在床上看電視，電視節目並不好看。

沈魚站在蓮蓬頭下，讓水沖洗身體，她撫摸自己的胸部，這樣一個完美的身體，她的男人卻不再愛這身體，她就把身體送給另一個男人吧！她要向翁信良報復。

他跟胡小蝶上床，她要跟王樹熊上床。

沈魚圍著毛巾從浴室走出來。

「妳是不是不開心？」王樹熊問沈魚。

沈魚躺在床上跟王樹熊說：「還不脫衣服？」

王樹熊脫光衣服站在沈魚面前，沈魚閉上眼睛。

王樹熊壓在沈魚身上，吻她的脖子。

沈魚的眼淚不由自主地流下來，她指著胸口說：「對不起，我心裡有另外一個人。」

王樹熊頹然躺下來，用被子蓋著身體說：「我知道。」

「我只是想向他報復。」沈魚說。

「妳從來就沒有喜歡過我。」王樹熊說。

「我喜歡的，我喜歡的人很多，但只可以愛一個人，只有一個人可以令我這樣——不在我身邊，仍然控制著我。」

王樹熊穿回衣服，對著一個不想跟他做愛的女子，裸體是一件很尷尬的事。

「不可以跟我說妳和他的事情嗎？」王樹熊問沈魚。

沈魚搖頭，她和翁信良之間的事情是一把會刺傷心臟的利刃，她不想拿利刃再刺自己一下。

翁信良在家裡待了很久，還沒有見到沈魚。

他原本想跟她道別，卻不知道怎麼開口，他決定先收拾行李。他的行李並不多，這裡本來不是他的家，是沈魚的，他沒有想過會留下來，當時失去了緹緹，他以為自己在任何一個地方也是寄居。後來，他的確想留在這裡，現在，他又覺得應該走了。

他拉開抽屜，裡面有一張紙條，是沈魚寫給他的「我是不是很無理取鬧？如果你不惱我的話，笑笑吧。」這個女人曾經這樣熾烈地愛著他，他突然不想走了。他想起她召喚海豚和殺人鯨的場面，她對他的愛震撼了海洋生物，是自己辜負了她。既然這麼順利地向胡小蝶道別，其實已不需要離開沈魚。

他突然知道自己是愛沈魚的，他現在瘋狂地思念她。

翁信良聽到有人用鑰匙開門的聲音，是沈魚回來了，翁信良連忙關上抽屜，他記得有一個行李箱放在廳裡，他連忙跑到大廳，可是太遲了，沈魚已經進來，並且看到他的行李。

沈魚的心碎了，這個男人竟然想走，她要向他報復。她跟翁信良說：「告訴你，我剛剛跟一個男人上床。」

翁信良難以置信地望著沈魚。

沈魚對他的行李箱視若無睹，她倒了一杯清水，咕嚕咕嚕地喝下去。

「是誰？」

「你想知道嗎？」沈魚冷冷地說。

翁信良沉默。

「是一個好朋友。」沈魚說完這句話，回頭走進睡房。

翁信良拿起行李箱，將鑰匙扔在茶几上，怒氣沖沖地離開。

沈魚站在睡房門外，全身在抖顫，無法再移動身體。與其看著他首先離開，倒不如首先承認自己不忠。要承認自己不忠比承認別人不再愛你容易得多，她是這樣想。

翁信良提著行李箱在街上走，在他想留下來的時候，沈魚竟然令他非走不可。在他想愛她的時候，她竟然辜負他。

馬樂正在演奏廳排練，翁信良提著行李箱衝進來，整個管弦樂團的人都注視著這個不速之客。

「馬樂，你下來！」翁信良向馬樂叱喝。

所有人的視線轉移到馬樂身上。

馬樂看到翁信良怒氣沖沖的樣子，放下小提琴走下台。

「你找我有什麼事？」

「跟我出去。」翁信良提著行李轉身出去。

「你找我到底有什麼事？」馬樂不耐煩地問他。

翁信良用行李箱襲擊馬樂，馬樂冷不防，跌倒在地上，怒斥翁信良：「你幹什麼？」

「你幹什麼我幹什麼！」翁信良使勁地揍馬樂。

馬樂還手：「我幹了什麼？」

「你跟沈魚上床！」翁信良揪著馬樂的衣領。

馬樂愕然：「誰說的？」

「沈魚說的。」翁信良推開馬樂。

「她說我跟她上床？」馬樂難以相信沈魚會誣衊他。

「你一直以來都想跟她上床！」翁信良撲在馬樂身上揍他。

「我有想過但沒有做過。」馬樂推開翁信良：「我不相信沈魚會說謊。」

翁信良精疲力竭坐在地上，問馬樂：「不是你還有誰？」

「荒謬！我怎麼知道？」馬樂光火。
翁信良有些猶豫，沈魚說跟一個好朋友上床，她並沒有說是馬樂。
「真的不是你？」
「你為什麼這麼緊張沈魚跟人上床？你不是也跟胡小蝶上床嗎？你可以跟別人上床，她為什麼不可以？」馬樂嘲笑他。
翁信良無言以對，頹然坐在行李箱上。
「也許她編個故事氣你吧。」馬樂站起來。
「不會的，女人不會編這種故事。」
「一個絕望的女人什麼也幹得出來。」
「所以她跟別人上床也不是沒有可能的。」
馬樂一拳打在翁信良臉上，翁信良整個人從行李箱翻倒在地上。
「你為什麼打我？」翁信良從地上爬起斥問馬樂。
「我為什麼打你？為什麼打你？」馬樂失笑：「因為你無緣無故打我。」
馬樂再向翁信良的臉狠狠打出一拳：「這一拳是替沈魚打你的。」
翁信良雙手掩著臉倒在地上，他的鼻孔在流血，馬樂掏出一條手帕扔給他：「拿去。」

翁信良用馬樂的手帕抹鼻血，從地上站起來，問馬樂：「你想過跟沈魚上床？」翁信良摩拳擦掌，準備隨時出拳，他認為馬樂做為他的知己，而竟然想過跟他女朋友上床，是絕對不可以原諒的，罪名和跟她上床一樣。

「在她未跟你一起之前，」馬樂淡淡的說：「是你把她介紹給我的，我對她有性幻想有什麼稀奇。」

翁信良放開拳頭，收拾從行李箱跌出來的衣物。

「你從家裡走出來？」馬樂問翁信良。

翁信良繼續收拾衣物。

「你真的逃走？」馬樂揪起翁信良：「你竟然逃走！」

翁信良甩開馬樂的手，繼續收拾地上的東西。

「你要搬去跟胡小蝶一起住？」

「不是。」

「沈魚會很傷心的。」馬樂說。

「我不准你再提起她。」翁信良關上行李箱，把染了鼻血的手帕扔在垃圾箱裡。

「你要到哪裡？」馬樂問他。

翁信良沒有回答。

「我家裡有地方。」馬樂說。

翁信良頭也不回。

馬樂走回後台，撥電話給沈魚，電話響了很久，沒人接聽。馬樂傳呼她，她也沒有覆機。

浴缸內的水一直流到浴室外，熱騰騰的蒸氣充塞著整個浴室，鏡子一片迷濛，沈魚裸體躺在浴缸裡，只有水能麻醉她的痛苦。她彷彿聽到電話鈴聲，赤著身子走出大廳，電話沒有響過，是她聽錯了。

門鐘不停地響，沈魚聽不到。

馬樂不停地拍門，他害怕沈魚會出事。浴缸裡，沈魚好像聽到拍門聲，會不會是翁信良回來呢？他剛才放下了鑰匙。沈魚用毛巾包裹著身體出去開門。當沈魚看到馬樂，她著實很失望。

「妳沒事吧？」馬樂看到她來開門，鬆了一口氣。

「沒事，我在洗澡。」沈魚說：「你等我一會兒，我去穿衣服。」

馬樂走進屋裡，看見有水從浴室裡流出來。

沈魚穿好衣服出來：「你找我有什麼事？」

「妳和翁信良分手了？」

沈魚沒有回答，咕咕舐她腳背上的水。她看到馬樂的臉受傷了，衣服的領口也爛了。

「你跟人打架？」

「翁信良以為我就是那個跟妳上床的男人。」馬樂說。

「對不起，我沒想到他還在意。」沈魚說。

「他在意的，他還愛妳。」

「不，他在意只是出於男人的自尊。」

「妳是不是真的——」

「你以為呢？」沈魚問馬樂。

「我不知道。」馬樂說。

「如果你這樣愛一個人，還能跟另一個人上床嗎？」
「男人和女人是不同的。」
「你真坦白。」
「如果妳是愛他的，為什麼不向他說實話？」
「他不會相信的。」沈魚沒有後悔她說了這個謊話，說與不說，這個男人也會走。
「我告訴他。」馬樂說。
「不要。」沈魚倔強的說。
「為什麼？」
「如果你把我當作朋友，請不要告訴他。」
朱寧早上九時正回到診所，發現翁信良睡在診所的沙發上。
「翁醫生，你為什麼會睡在這裡？」
翁信良睡得不好，見朱寧回來了，也不打算繼續睡，從沙發上起來。
「你的臉受傷了。」朱寧看到他的鼻和嘴都有傷痕。

「不要緊。」

翁信良走進診療室洗臉，被打傷的地方仍然隱隱作痛，他本來打算逃走的，現在似乎不需要走了。他用消毒藥水洗擦臉上的傷口，朱寧站在門外偷看。

「你站在這裡幹什麼？」翁信良問她。

「你是不是跟沈小姐打架？」朱寧看到他的行李箱。

翁信良沒有回答。

「她很愛你的。她曾經跟我說——」朱寧不知道是否該說出來。

「說什麼？」

「她說如果你不娶她的話，她會將你安樂死的。」朱寧看著翁信良臉上的傷痕，想起那句話，以為翁信良是給沈魚打傷的，指著翁信良臉上的傷說：「你們是不是打架？」

翁信良失笑，跟朱寧說：「妳去工作吧。」

沈魚說過這樣一句話？如果他不娶她，她會將他安樂死，她也許真的沒有跟男人上床，她在氣他，這是毀滅他的方法之一，翁信良想。

他想起胡小蝶，她跟沈魚不同，她是個脆弱的女人。翁信良嘗試打電話給她，電話無法接通。他想起她家裡的電話被她扔得粉碎，不可能接通。她會有事嗎？翁信良突然害怕起來，胡小蝶整天沒有找他，那不像她的性格。翁信良脫下白袍，匆匆出去。經過電器店的時候，他買了一部電話。

翁信良來到大廈外面，本來打算上去找胡小蝶，最後還是決定把電話交給大廈管理員。

「請你替我交給九樓Ｂ座的胡小姐。」

「好的。」大廈管理員說。

「這兩天有沒有見過胡小姐？」翁信良問他。

「今早看見她上班了。」

「哦。」

「你姓什麼？」

「你把電話交給她就可以了。」翁信良放下小費給大廈管理員。

走出大廈，今天陽光普照，翁信良覺得自己很可笑，他以為兩個女人也不能失去他，結果一個跟男人上床，一個若無其事地上班去，事實上是她們也不需要他。

沈魚跟馬樂在沙灘茶座吃早餐，昨夜到今早，沈魚一直看著海。

「你累吧？」沈魚問馬樂。

「不，一個通宵算不了什麼。」馬樂說。

「你有沒有試過有一天，一覺醒來，發現自己做錯了一件無法補救的事？」沈魚問馬樂。

「這就是我的生活。」馬樂說。

「妳有哪些憾事？」馬樂問沈魚。

兩個人大笑起來。

「我覺得我愛他愛得不夠。如果我有給他足夠的愛，他不會愛上別人。一定是我們之間有那麼一個空隙，他才會愛上別人。」沈魚說。

沈魚站起來：「我要上班，失戀也不能逃跑。」

「妳有什麼打算？」馬樂問她。

沈魚苦笑：「我能有什麼打算？」

沈魚八時三十分回到海洋公園，比平時遲了一個多小時，其他人正在餵飼海豚。力克看到沈魚回來，高興地向她叫了幾聲，打了一個空翻。

沈魚在更衣室更換泳衣，她在鏡子裡看到自己的裸體，她的身體好像突然衰敗了，毫無生氣，乳房抬不起來，腰肢腫脹，雙腿笨重，身體好像也收到了失戀的信號，於是垂頭喪氣。

十時正，表演開始，沈魚騎著殺人鯨出場，殺人鯨逐浪而來，數千名觀眾同時鼓掌。沈魚控制不住自己，眼淚在掌聲中掉下，所有掌聲都是毫無意義的，她只想要一個人的掌聲，那個人卻不肯為她鼓掌。她的淚珠一顆一顆滴下來，一滴眼淚剛好滴在殺人鯨的眼睛裡。殺人鯨突然淒厲地叫了一聲，飛躍而起，沈魚被牠的尾巴橫掃了一下，整個人失去重心從殺人鯨身上掉下來。殺人鯨在水裡亂竄，在場所有人都呆住了。沈魚一直沉到水底，她閉上眼睛，覺得很平靜，身體越來越輕，越來越小，她好像看見緹緹了，她在水底向她招手。沈魚跟緹緹說：「我來了。」緹緹向她微笑，張開雙手迎接她。沈魚有很多話要跟緹緹說，她努力游過去，她跟緹緹越來越接近了。就在這個時候，一雙手伸過來，強行要把她拉上水面，她拚命掙扎，她要跟緹緹一起，於是，兩隻手同時將她拉上水面，這一次，她全身乏力，無法反抗，被那一雙手拉上水面。

她被送到岸上，許多人圍著她，她聽到一個人說：「她給殺人鯨打昏了。」

一個男人吻她，好像是翁信良，她雙手繞著他的脖子，那個男人把氣噴到她的嘴裡，他不是吻她，他好像努力使她生存下去。

沈魚睜開眼睛看清楚，那個男人不是翁信良，是另一名訓練員阿勇。她尷尬地鬆開繞著他脖子的雙手。她覺得緹緹好像離她越來越遠了，她越來越孤單。沈魚從地上坐起來，幾個人圍著她，高興地問她：「沈魚，妳沒事了？」

「什麼事？」沈魚奇怪。

「妳剛才給殺人鯨打昏了，掉到海裡，我們把妳救上來，妳還掙扎呢！」主管告訴她。

「是嗎？」沈魚如夢初醒：「殺人鯨呢？」

主管指著小池：「牠在那裡，出事後牠一直很平靜，真奇怪，剛才究竟發生什麼事呢？牠好像突然受到了刺激。」

「我是在牠身上哭過。」沈魚自說自話。她走到小池前面望著殺人鯨，她和牠四目交投，牠好像也感受到沈魚的悲傷。

「妳不要再刺激牠了。」主管對沈魚說：「獸醫會來替牠做檢查。」

「牠是善良的。」沈魚說：「牠有七情六慾。」

沈魚進入更衣室洗澡，熱水在她身上淋了很久，她才突然醒覺她是從死亡邊緣回來的，所以她看到緹緹。傳呼機突然響起，沈魚衝出淋浴間，她迫切想知道誰在生死存亡的時候傳呼她，她注定要失望，是馬樂找她。

「看看妳今天過得怎麼樣？」馬樂在電話裡說。

沈魚放聲大哭，她突然在這一刻才感到害怕。

「什麼事？」馬樂緊張地追問。

沈魚說不出話來。

「妳不要走，我馬上來。」馬樂放下電話。

馬樂來到，看到沈魚一個人坐在石級上。

「妳沒事吧？」馬樂坐在她身旁。

沈魚微笑說：「我差點死在水裡。」

翁信良第二天晚上仍留在診所度宿，這個時候有人來拍門，這個人是馬樂。

「你果然在這裡。」馬樂說。

「要不要喝咖啡？」翁信良去沖咖啡。

「你打算在這裡一直住下去？」

翁信良遞一杯咖啡給馬樂：「原本的獸醫下個月會回來，我會把診所交回給他。」

「然後呢？」

翁信良答不出來。

「沈魚呢？你怎麼跟她說？還有胡小蝶呢？」

翁信良躺在動物手術桌上說：「沒有一個人可以代替緹緹。我終於發現我無法愛一個女人多過緹緹。我負了沈魚，也負了小蝶。」

「沈魚今天差點溺斃了！」

翁信良驚愕。

「你不肯承認自己愛沈魚多過緹緹，為一個女人淡忘一個死去的女人好像不夠情義。對不對？」馬樂問他。

翁信良不承認也不否認：「我和沈魚已經完了。」

馬樂很沮喪：「我看我幫不上忙了。」

馬樂走後，翁信良撥電話給沈魚，他很想關心她今天遇溺的事，電話撥通了，他突然很渴望電話沒有人接聽，如他所願，沒人接電話。為了平伏打電話給沈魚的難堪，他突然改變主意，撥電話給胡小蝶，電話接通了。

「喂，是誰？」

「是我。」

「你在哪裡？」胡小蝶溫柔地問他。

「我在診所。」

「我立即來。」

翁信良想制止也來不及，十五分鐘之後，胡小蝶出現，撲在他懷裡說：

「我知道你一定會找我的。」

翁信良突然覺得自己所愛的人是沈魚，偏偏來的卻是另一個人。

「昨天在香港上空幾乎發生一宗空難，你知道嗎？」胡小蝶跟翁信良說。

「空難？」

「我錯誤通知一班航機降落。那一班航機差點跟另一班航機相撞。」

「那怎麼辦?」

「幸而電腦及時發現。這件事全香港市民都不知道,兩班航機上的乘客也永遠不會知道。」

胡小蝶楚楚可憐地凝望翁信良:「都是因為你。若不是你這樣對我,我不會出錯。」

翁信良感到一片茫然,馬樂說沈魚今天差點溺斃,胡小蝶說昨天差點造成空難。他和這兩個女人之間的愛情,牽涉了天空和海。還有緹緹,她死在一次空難裡,那一次空難,會不會是一個剛剛失戀的機場控制塔女操控員傷心導致疏忽而造成的呢?

「你睡在這裡?」胡小蝶心裡暗暗歡喜,他一定是跟沈魚分手了。

翁信良去倒了一杯咖啡。

「不要睡在這裡,到我家來。」

「我暫時不想跟任何人住在一起。」

「那我替你找一間屋。」胡小蝶說:「我認識附近一間地產公司。」她想儘快找個地方「安置」這個男人，不讓他回到沈魚身邊。

沈魚牽著咕咕在公園散步，從前是她和翁信良牽著咕咕一起散步的，現在只剩下她一個人，咕咕好像知道失去了一個愛牠的人，心情也不見得好。沈魚的傳呼機響起，是馬樂傳呼她。

「翁信良在診所。」馬樂說。

「為什麼要告訴我？」

「我知道妳會想知道的。」

沈魚放下電話，牽著咕咕繼續散步，只是她放棄了慣常散步的路線，與咕咕沿著電車路走，電車會經過翁信良的診所。

沈魚牽著咕咕走在電車路上，一輛電車駛來，向她響號，沈魚和咕咕跳到對面的電車路，這條電車路是走向原來的方向的，要不要回去呢？最後沈魚把咕咕脖子上的皮帶解下來，彎身跟牠說：「咕咕，由你決定。」

咕咕大概不知道身負重任，牠傻頭傻腦地在路軌上不停地嗅，企圖嗅出一些味道。

沈魚心裡說：「咕咕，不要逼我做決定，你來做決定。」

咕咕突然伏在她的腳背上，動也不動。

沈魚憐惜地撫摸咕咕：「你也無法做決定？我們向前走吧。」

沈魚跳過對面的電車路，繼續向前走，她由灣仔走到北角，在月色裡向一段欲斷難斷的愛情進發。最痛苦原來是你無法恨一個人。

沈魚牽著咕咕來到診所外面，診療室裡有微弱的燈光，翁信良應該在裡面。沈魚在那裡站了十分鐘，她不知道她為什麼要來。解釋她沒有跟男人上床？沒有必要。請他回家？他又不是她丈夫。跟他說幾句話？她不知道該說什麼好。既然他走出來，大概是不想回去的。

翁信良又喝了一杯咖啡，他不停地喝咖啡，咖啡也可以令人醉。胡小蝶走了，她說明天替他找房子。翁信良看著自己的行李箱，他本來打算逃走，如今卻睡在這裡，他是走不成的、沒用的男人。胡小蝶就知道他不會走。

翁信良拿起電話，放下，又再拿起，終於撥了號碼，電話響了很久，沒有人接聽，沈魚大概不會接他的電話了。翁信良很吃驚地發現他今天晚上瘋狂地思念沈魚，他從不知道自己這樣愛她，可是已經太遲了。

沈魚站在診所門外，她知道翁信良就在裡面，咫尺天涯，她不想再受一次傷害，她害怕他親口對她說：「我不愛妳。」或「我從來沒有愛過妳。」她整個人會當場粉碎。但，粉碎也是一件好事，她會死心。

大抵是咕咕不耐煩，牠向診所裡面吠了幾聲，翁信良覺得這幾聲狗吠聲很熟悉，走出來開門。

翁信良打開門，看見咕咕，只有咕咕，咕咕不會自己走來的，他在診所外四處找尋，沒有沈魚的蹤影。

牠當然不可能自己來，是沈魚把牠帶來的，她把牠帶來，自己卻走了。她一定是痛恨他，把這頭狗還給他，這頭狗本來就不是她的，是緹緹的。沈魚把咕咕帶來，卻不跟他見面，分明就是不想見他。她大概不會原諒他了。

翁信良牽著咕咕進入診所，牠的脖子上仍然繫著狗皮帶，狗皮帶的另一端卻沒有女主人的手。

沈魚在電車路上狂奔，流著淚一直跑，她現在連咕咕也失去了。她聽到他來開門的聲音，竟然嚇得逃跑了。本來是這個男人辜負她，該是他不敢面對她，可是怕的卻是自己。她真怕他會說：「我不愛妳。」她真害怕他說這句話。

他沒有說過「我愛妳」，沒有說過這句話已經教一個女人難堪，萬一他說：「我不愛妳」，將令一個女人更難堪。她好不容易才反敗為勝，在發現他準備離開時，跟他說：「告訴你，我跟一個男人上床了」，所以，她不能輸呀。她來找翁信良便是輸，所以為了那一點點自尊，她走了，可惜她遺下了咕咕，情況就像逃跑時遺下了一隻鞋子那麼糟，對方一定知道她來過。

沈魚走上一輛電車，她實在跑不動了，她坐在上層，月色依然皎好，她比來的時候孤單，咕咕已經留給翁信良了。一切和翁信良有關的東西，他都拿走了，整件事件，整段愛情，又回到原來的起點，好像什麼也沒有發生過。她孤單一個人，翁信良跟咕咕一起。啊！對，家裡還有一隻相思鳥，相思鳥是唯一的證據，回去把牠放走吧。

沈魚打開鳥籠，讓相思鳥站在她的手掌上。她把手伸出窗外，跟相思說：「走吧。」

相思竟然不願飛走。

「飛呀！」沈魚催促牠。相思黏著沈魚的手掌，似乎無意高飛。

「你已經忘記了怎樣飛？你一定已經忘記了怎樣飛。」沈魚飲泣。

相思在她的手掌上唱起歌來。這不是歌，這是沈魚教牠吹的音符，這是翁信良第一天到海洋公園時教沈魚吹的音符。相思竟然學會了。

沈魚把手伸回來，相思竟然吹著那一串音符，她捨不得讓牠飛走。

第五章

隨風而逝的味道＊

把她愛過的男人留在微風裡。她不敢回頭望他，淚水從眼眶裡湧出來，不能讓他看見。她記得他說過，味道總會隨風而逝。

咕咕睡在翁信良腳邊，翁信良又在喝咖啡，已經不知道是第幾杯，他喝了咖啡，會拉肚子，因此使他很忙碌，無暇去想其他事。他用這個方法使自己安靜下來。他覺得出走是一件很不負責任的事，應該有個交代，他又鼓起勇氣撥電話給沈魚，希望她不在家便好了，但沈魚來接電話——

「喂——」沈魚拿起電話。

翁信良不知道跟她說什麼好。

沈魚不再作聲，她知道是翁信良。

翁信良拿著聽筒良久，還是不知道怎樣開口，終於掛了電話。

沈魚很失望，他們之間，已經無話可說。

第二天中午，胡小蝶來找翁信良。

「我已經替你找到房子，現在就可以搬。」

「這麼快？」

「跟我同一棟大廈。」

胡小蝶發現了咕咕：「咦，這隻狗是誰的？很可愛。」她蹲下來跟咕咕玩耍。

「是我的。」

「是你的？你什麼時候養了一頭狗？牠叫什麼名字？」

翁信良拿起行李箱，叫咕咕：「咕咕，我們走吧。」

「咕咕？名字真奇怪。」胡小蝶開始懷疑咕咕的來歷。

翁信良搬到胡小蝶那一棟大廈，他住六樓。

「你回診所去吧，我替你收拾地方，牠也留在這裡。」胡小蝶抱著咕咕跟翁信良說。

「謝謝妳。」翁信良說。

「你好像很不開心。」

「不是。」

「你後悔選擇了我。」胡小蝶說。

「別傻。」翁信良說：「我上班了。」

胡小蝶替咕咕解下狗帶，無意中在狗帶上的小皮包裡發現一張字條，人們通常將地址寫好放在寵物身上，萬一牠走失，遇到有心人，會帶牠回家。字條上寫著一個地址和電話。

胡小蝶依著字條上的電話號碼撥通電話。

「喂——找誰？」

胡小蝶認出那是沈魚的聲音，這頭鬆獅犬果然是沈魚的，翁信良昨晚一定跟沈魚見過面。

「喂——」沈魚以為又是翁信良。

「妳是沈魚嗎？」

「我是，妳是誰？」

「我是胡小蝶，妳記得我是誰吧？」

「記得。」沈魚冷冷地說，沒想到她竟然找上門：「找我有什麼事？」

「妳有時間出來喝杯茶嗎？」

沈魚倒也想見見這個女人。她們相約在金鐘一間酒店的咖啡廳等候。

「要喝什麼？」胡小蝶問她。

「水。」沈魚說。她留意到胡小蝶抽駱駝牌香煙。

「我要改抽另一隻牌子了，翁信良不喜歡我抽這麼濃的煙。」胡小蝶說。

「是嗎？妳找我有什麼事？」

胡小蝶垂下頭。

「妳找我不是有話要說的嗎？」

胡小蝶抬起頭，淚盈於睫，這是沈魚想不到的，失敗者不哭，勝利者卻哭了。

「對不起。」胡小蝶說。

「妳沒有對不起我。」

沈魚沒想到她竟然向她道歉。

「翁信良是我第一個男朋友，也是我第一個男人。」胡小蝶說。

翁信良從來沒有把這件事告訴沈魚，她突然有些慚愧，因為翁信良不是她第一個男人，這一點，她輸給胡小蝶。

「當天是我離開他，他受了很大傷害，去了日本多年，最近我們重逢。妳知道，男人無法忘記一個曾經令他受傷至深的女人——」

沈魚沉默。

「我也想不到經過了許多事情，我們終於又走在一起。」胡小蝶說。

沈魚覺得這個女人真厲害，本來是她做了她和翁信良之間的第三者，現在她卻說成她和翁信良之間只是曾經分開一段日子，他們現在復合了，沈魚才是第三者、局外人。她不過是胡小蝶和翁信良之間的過客。

「我知道妳跟翁信良有過一段很快樂的日子，他也這樣說。」胡小蝶說。

「他說的？」

「是啊。」胡小蝶說：「他是一個好男人，他不想傷害妳。」

「這也是他說的？」沈魚悻悻然。

「他不善於說離別，所以他沒有跟妳說清楚便走了，他現在在我家裡。」

「不善於說離別！」沈魚冷笑，難道一句不善於說離別，便可以一走了之？

沈魚故作瀟灑地說：「道別是不必要的。」

「妳恨我嗎？」胡小蝶問沈魚。

「我為什麼要恨妳？」沈魚反問。要恨，她只恨翁信良一個人。

「我沒有妳那麼堅強，我真羨慕妳。沒有他，我活不下去。」胡小蝶楚楚可憐地說。

沈魚突然明白了翁信良為什麼選擇了胡小蝶，因為她軟弱、溫柔、需要保護，而她自己，看來太堅強了，翁信良以為她可以承受得住傷痛。堅強的女人往往是情場敗將。

「妳能告訴我一件事嗎？」沈魚問。

「什麼事？」

「你們重逢之後第一次約會是誰提出的？」

「他。」胡小蝶說。

沈魚死心了，站起來：「我有事要先走。」

「嗨，咕咕吃哪種狗糧？咕咕很可愛。」胡小蝶說：「我怕牠吃不慣新的狗糧。」

「就讓牠嘗試新口味吧，舊的那種牠也許一直都不喜歡。」沈魚有感而發。

「我會好好照顧牠的。」

「牠本來就不是我的。」沈魚說，她突然想到這句話可能有另一重意思，更正說：「我是說咕咕。」

「我明白。」胡小蝶說。

「再見。」

「沈魚——」胡小蝶叫住她。

沈魚回頭。

「謝謝妳。」胡小蝶說。

沈魚失笑：「不用多謝我，不是我把他送給妳的。」

胡小蝶目送沈魚離開，她拿著香煙的手輕微顫抖，她從來就沒有跟另一個女人談判的經驗，她幸運地遇到一個很善良的女人，沈魚相信了她的謊言。

為了得到翁信良，她不擇手段，上天會憐憫她，因為她是出於愛。

沈魚在計程車裡飲泣，她從來沒有跟另一個女人談判的經驗，強弱懸殊，她輸了。

是翁信良主動跟胡小蝶來往，他不是被逼而是主動背叛她。她恨自己當天為什麼主動愛上這個男人，他只是用她來度過悲痛的日子。

胡小蝶用新的狗糧餵咕咕，咕咕好像提不起興趣去吃。

牠掛念牠的女主人。

翁信良回來了，看到放在桌上的新狗糧，跟胡小蝶說：「牠不吃這一種。」翁信良拿出兩罐另一隻牌子的狗糧。

「哦，原來是這個牌子，我以後知道了。」

「你猜我今天去了什麼地方？」

翁信良搖頭。

「我出去替你買日用品。」胡小蝶指指地上十多個購物袋：「替你買內衣、牙刷這些日用品的感覺原來是很幸福的，我從前怎麼體會不到？」

胡小蝶撲在翁信良懷裡說：「不要離開我。」

她說來楚楚可憐，聲線微弱卻好像有千斤力，足以融化任何一個鐵石心腸的男人。

馬樂凌晨接到沈魚的電話。

「你來我家，你快點來。」沈魚在電話裡說。

馬樂不知道她發生了什麼事，匆匆趕去，沈魚來開門，馬樂進屋後嚇了一跳，廳裡總共有十頭幾個月大的鬆獅狗，正在喝牛奶。

「妳搞什麼鬼？」

「我把積蓄全拿去買狗，一頭六千塊，總共六萬塊。」沈魚忙碌地替牠們抹嘴。

「咕咕呢？」

「還了給翁信良。」沈魚說。

馬樂蹲下來，問：「妳見過翁信良？」

沈魚搖頭：「我把咕咕放在他門口就跑了，我害怕看見他。」

「妳買那麼多條狗幹什麼？牠們長大之後，會擠不進這間屋。」馬樂說。

「你為什麼不罵我，我把所有的積蓄都用來買狗？」沈魚問馬樂。

「只要妳覺得快樂。」

「謝謝你。」沈魚含淚說：「我今天見過胡小蝶。」

「她怎麼說？」

「總之我出局了。馬樂，可不可以借錢給我？我想去法國探緹緹。我用四隻小鬆獅做抵押。」

「不行。」馬樂說：「我要十隻做抵押。」

「好。」沈魚說。

「妳不回來的話，我會將牠們統統毀滅。」馬樂說。

「謝謝你。」沈魚含淚說：「我會回來的。」

「妳最好回來。」

「還有一件事拜託你。」沈魚把鳥籠拿下來：「這隻相思，請你替我還給翁信良。」

五天之後，馬樂送沈魚到機場。

「妳不用急著回來。」馬樂說：「我暫時還不會殺死妳那十隻小寶貝，但妳回來時，要比現在快樂。」

沈魚擁抱著馬樂。

「這一次輪到妳抱著我了。」

「是的，是我抱你。」沈魚說。

沈魚在直飛巴黎的航機上飲泣，緹緹懷著幸福的心情在空難中死去，也是坐這一條航線，她們會不會有相同的命運。沈魚突然希望發生空難，她也死在這條航道上，如果是這樣的話，翁信良大概會懷念她。

可惜事與願違，她安全到達巴黎。她不想回去了。她沒有告訴馬樂，她已經辭去海洋公園的工作。要是她想留在巴黎不是一件困難的事，緹緹父母經營的中國餐館一定願意收容她當個女侍之類。

一個月過去了，沈魚還沒有回來，而其中一隻小鬆獅病了，病菌傳染給其餘九隻。馬樂抱著牠們去找翁信良。

「你買了這麼多條狗？」翁信良吃驚。

「這些狗全是沈魚的。」馬樂說。

「哦。」翁信良點頭：「你們在一起？」

「她去了巴黎。」馬樂說：「我只是代她照顧這些狗，她說過會回來的。」

翁信良心裡有點難過。

這個時候，胡小蝶進來。

「馬樂，這麼巧？」

「我的狗病了。」

「嘩！你一個人養這麼多條狗？」

「寂寞嘛。」馬樂說。

「我買了菜，今天晚上一起吃飯好不好？」

「你真幸福！」馬樂跟翁信良說。

翁信良知道馬樂是有心揶揄他。

「來吃飯吧。」翁信良說，他有心講和。

「好。」馬樂明白翁信良的意思，畢竟他們是好朋友，為一個女人，而且是朋友的女人而翻臉，未免顯得自己太小家子氣了。

「我得先把這十頭小寶貝送回家安頓。」馬樂說。

「我們在家等你，這是我的地址。」翁信良把地址寫給他：「七時正，行嗎？」

「行。」馬樂說。

「七時正見。」胡小蝶說。

翁信良幫忙把鬆獅犬抱上馬樂的車。

「沈魚有找你嗎？」翁信良問馬樂。

馬樂搖頭：「她不會想起我的。」

「她在巴黎幹什麼？」翁信良問。

「我也不知道，你跟胡小蝶怎樣？」

「我不可以再辜負一個女人。」翁信良說。

「你也只是辜負過一個女人。」馬樂上車：「七時見。」

胡小蝶走出來，問翁信良：「你和馬樂是不是有過爭執？」

「為什麼這樣說？」

「你們兩個從前好像不會這樣客氣的，是不是因為沈魚？」

翁信良給胡小蝶一語道破，無言以對。

「馬樂總是愛上你身邊的女人。」胡小蝶笑著說。

「胡說。」

「希望我是胡說吧！」

馬樂把十隻小鬆獅帶回家裡，逐一餵牠們吃藥，沒想過自己竟做了牠們的奴隸。他唯有把牠們當作沈魚的全部積蓄來對待，這樣的話，他會很樂意承擔這個責任。

電話響起，他以為是翁信良打電話來催促他。

「喂。」馬樂接電話。

「喂，是不是馬樂？」

這把聲音很熟悉。

「妳是沈魚？」馬樂興奮地問。

「是呀！」沈魚說。

「真是妳？妳在哪裡？」

「我在巴黎。」沈魚說。

「妳還不回來？」

沈魚沒有回答，只說：「我在緹緹父母開設的中國餐館裡工作，現在是午餐時間，突然想起很久沒有跟你聯絡了。」

「妳好嗎？」馬樂問她。

「好。」沈魚說。

馬樂聽見她用法文跟客人說午安。

「我的十隻小鬆獅呢？」沈魚問馬樂。

「牠們生病了，剛剛帶牠們去看醫生。」馬樂突然想起自己說錯了話，沈魚該想到他剛剛見過翁信良。果然，沈魚沉默了一陣。

「妳什麼時候回來接牠們，我給煩死了。」馬樂故意逼沈魚說出歸來的日期。

「我再打電話給你，拜拜。」沈魚掛電話。

馬樂很失望，她連電話號碼也不肯留下。

沈魚在巴黎唐人街的中國餐館忙碌地應付午餐時間的客人，這份工作最大的好處便是忙，忙得回到家裡便倒頭大睡，不用再胡思亂想。她的確是到了今天，才突然想起馬樂來。她唯一無法忘記的，是翁信良。這個創傷不知道要到哪一天才可以痊癒。

沈魚住在餐館附近一棟樓齡超過二百年的大廈。

下雨天，房間裡四處都在滲水，沈魚索性不去理它，反正到了晴天，打開窗子，積水會自動蒸發，一天蒸發不完，可以等三天甚至一星期。

隔鄰單位的失業漢養了一條差不多三尺長的蜥蜴，樣子非常可怕，看著牠的皮膚已經令人毛骨悚然。

有一天晚上，沈魚回到房間，躺在床上，覺得大腿很癢，她掀開被子，赫然發現那條大蜥蜴竟然在她的大腿上攀爬，她嚇得尖叫，走過隔壁，把那個失業漢叫出來，用一連串的廣東粗口不停咒罵他。回到房裡，她不敢睡在床上，寧願躺在有積水的地上，這是她最痛恨翁信良的時候，她覺得這一切的苦，都是翁信良給她的。她也妒忌緹緹，她在一個男人最愛她的時候死去，而且死得那麼突然，那麼迅速，幾乎可以肯定是毫無痛苦的，而她自己卻要受這種比死更痛苦的煎熬。

胡小蝶弄了幾個小菜給翁信良和馬樂下酒，馬樂吃得滿懷心事，他掛念沈魚。

「你們現在一起住？」馬樂問翁信良。

「她住樓上。」翁信良說。

「我出來的時候，剛接到沈魚的電話。」

「她好嗎？」

「她一個人在緹緹父母的唐餐館裡工作，你去看看她。」

翁信良歎一口氣：「我跟她說什麼好呢？告訴她我現在和另一個女人一

起？」

「你真的一點也不愛她？」

「她時常令我想起緹緹，我只要和她一起，便無法忘記緹緹，這樣對她是不公平的。跟胡小蝶一起，我不會想起緹緹。」翁信良說。

「我是問你有沒有愛過她？」馬樂說。

「有。」翁信良說。

「我還以為沒有。」

「你以為我是什麼人？」翁信良說。

「沈魚也許不知道你有愛過她，去接她回來吧！」

翁信良不置可否。

廚房裡突然傳出打翻碗碟的聲音，因為來得太突然，把翁信良和馬樂嚇了一跳。

「我進去看看。」翁信良走進廚房。

胡小蝶打翻了幾只碗碟，站在那裡不知所措。

「妳沒事吧？」翁信良問胡小蝶。

「我什麼都聽到。」胡小蝶轉過身來，凝望翁信良。
翁信良無言以對。
「去，你去接沈魚回來，我走！」胡小蝶說。
「別這樣！」翁信良拉著胡小蝶。
胡小蝶衝出大廳，走到馬樂面前。
馬樂看見胡小蝶站在自己面前，十分尷尬。
「這裡不歡迎你。」胡小蝶對馬樂說。
馬樂知道她剛才一定偷聽了他和翁信良的對話，他放下碗筷，徐徐站起來。
「小蝶！」翁信良制止胡小蝶。
「翁信良不會去接她的。」胡小蝶強調。
翁信良給胡小蝶弄得十分難堪，不知道怎樣向馬樂解釋。
「我先走，再見。」馬樂跟翁信良和胡小蝶說。
翁信良送馬樂出去。
「對不起。」翁信良尷尬地說。
馬樂苦笑離開，他覺得他是為沈魚受這種屈辱，既然是為了沈魚，這種屈辱又算得上什麼。

「妳這是幹什麼？」翁信良問胡小蝶。

「對不起。」胡小蝶哭著說：「我怕失去你。我怕你真的會去找她。」

「許多事情已經不可以從頭來過。」翁信良說。

「我們結婚吧！」胡小蝶依偎著翁信良說。

翁信良完全沒有心理準備結婚，他覺得自己目前一片混亂。

「你不想結婚？」胡小蝶問翁信良。

翁信良不知道怎樣回答才能令她滿意。

出乎意料之外，胡小蝶並沒有因為他沒有反應而發怒，她溫柔地躺在他的大腿上說：「我已經很累。」

「我知道。」翁信良溫柔地撫弄她的頭髮。胡小蝶有一個很大的優點，她從來不會咄咄逼人，很明白進退之道。

這樣一個女人，很難教男人拒絕。

「我明天向馬樂道歉。」胡小蝶說。

「不用了。」翁信良說。

第二天，馬樂在演奏廳練習時，接到胡小蝶的電話。

「昨天的事很對不起。」胡小蝶說：「你有時間嗎？我請你吃飯賠罪。」

馬樂其實沒有怪胡小蝶，為表明心跡，這個約會不能不去。為了遷就胡小蝶，他們在機場餐廳吃午餐。

「對不起，昨天向你發脾氣。」胡小蝶說。

「是我不對，我不該在你們面前再提沈魚。」

「你很喜歡她？」

「不是。」馬樂滿臉通紅否認。

「我知道翁信良仍然沒有忘記她。」胡小蝶說。

「他已經選擇了妳。」馬樂說。

「這正是我的痛苦，他留在我身邊，卻想著別的女人。沈魚是不是在巴黎？」

馬樂點頭。

「這個早上，只要知道有從巴黎來的飛機，我都擔心會有一個乘客是沈魚。馬樂，我是很愛他的。」胡小蝶咬著牙說。

「我不會再跟翁信良說沈魚的事。」馬樂答應胡小蝶。

馬樂不想錯過沈魚打來的電話，他特意向電話公司申請了一項服務，可以把家裡的電話轉撥到傳呼台，那麼即使他不在家，也不怕沈魚找不到他。

過了兩個月，沈魚依然沒有打電話來，那十頭小鬆獅的身形一天比一天龐大，把幾百尺的屋填滿，馬樂逼不得已把其中五隻寄養在寵物酒店，三隻寄養在朋友家，只剩下兩隻。他去過海洋公園打聽沈魚什麼時候回來，他們說她去法國之前已經把工作辭掉。馬樂恍然大悟，她大概不會回來了。

月中，他收到沈魚從巴黎寄來的信。信裡說：

馬樂，你有沒有讀過希臘神話裡歌手阿里翁的故事？海神波塞冬有一個兒子叫阿里翁，是演奏七弦豎琴的能手。

一天，他參加一個在西西里的泰那魯斯舉行的音樂比賽，得了冠軍，崇拜他的人紛紛贈送許多值錢的禮物給他，那些受雇來送他回科林斯的水手頓時起了貪念，不獨搶去他所有的獎品，並且要殺死他。阿里翁對船長說：「請准許我唱最後一支歌。」船長同意，阿里翁身穿華麗的長袍，走到甲板上，以充滿激情的歌曲求神祇保佑。

一曲既終，他縱身跳入大海，然而，他的歌聲引來一群喜愛音樂的海豚，當中一條海豚把阿里翁馱在背上。當天夜裡，他就趕上那艘船，好幾天就回到科林斯。海豚不願意跟阿里翁分手，堅持要把他送到宮廷。在宮廷裡，牠在榮華富貴的生活中，不久便喪掉生命。阿里翁為牠舉行了盛大的葬禮。

這些日子以來，我忽然頓悟到原來我是神話中的海豚，在翁信良最悲痛的日子載他一程。我不該和他一起生活，我會因此喪掉生命。

馬樂，那十頭鬆獅是不是已長大了很多？麻煩你把牠們賣掉吧，那筆錢是我還給你的。相思呢？相思是不是已經還給他？

信封上沒有附上地址。

馬樂望望鳥籠裡的相思，他一直捨不得把牠還給翁信良。他自私地想將牠暫時據為己有。現在，是把牠物歸原主的時候了。馬樂讓牠吃了一頓豐富的午餐，然後把牠帶去給翁信良。

「我以為沈魚把牠放走了。」翁信良說。

「她臨走時叫我還給你的。」

翁信良把鳥籠放在手術桌上，相思在籠裡拍了兩下翅膀，吹出一連串音符，是翁信良對著海豚吹的音符。

「為什麼牠會唱這首歌？」翁信良詫異。

「這是一首歌嗎？好像只是一串音符。我把牠帶回家之後，牠便一直吹著這一串音符。或許是有人教牠的吧。」馬樂說。

翁信良知道是沈魚教牠的。他曾經教她吹這一串音符，這件小事，他並沒有放在心裡，可是，她卻記著了。翁信良把鳥籠掛在窗前，相思仍舊吹著那一串此刻聽來令人傷感的音符。這個女人對他的深情，他竟然現在才明白，他從來沒有好好珍惜過。

馬樂把每一場自己有份演出的演奏會門票寄到巴黎給沈魚。信封上寫著巴黎唐人街中國餐館沈魚小姐收。

馬樂每一次都在信封上標新立異，希望引起郵差注意，將信送到沈魚手上。本來他可以問翁信良緹緹父母的餐館的地址，但他答應過胡小蝶不再跟翁信良提起沈魚的事，而且他也不想翁信良知道他對沈魚的深情。

他不想去巴黎找她，他不想打擾她的生活，他寧願等待她快快樂樂地回來。那十隻鬆獅他並沒有賣掉，他期望牠們的主人回來。

偶爾他會跟翁信良見面，但堅決不再到他家裡作客。

「沈魚有沒有消息？」翁信良問他。

「她寫過一封信回來。」

「你和胡小蝶怎樣？」馬樂問翁信良。

「很好，很平靜。」翁信良笑著說。

「或者她比較適合你。」

窗前的相思又吹著那一串惱人的音符。

「總是時間弄人。」翁信良說。

「你有沒有讀過希臘神話裡歌手阿里翁的故事？」馬樂問翁信良。

「沒有。」

「你應該看看。」

當天下午，翁信良跑到書局買了一本《希臘羅馬神話一百篇》，找到了海豚救了歌手阿里翁的故事。

這個故事是馬樂自己看到的，還是沈魚叫馬樂通知他看的？沈魚是那條在危難中救了他的海豚，現在他們卻分手了。

翁信良當天夜裡打電話給馬樂，問他：「沈魚是不是回來了。」

「她也許不會回來。」馬樂說：「她回來又怎樣？你想再夾在兩個女人中間嗎？」

翁信良無言以對。

「這個週末晚上有演奏會，你來不來？有一節是我個人獨奏。」馬樂說。

「來，我一定來，你還是頭一次個人獨奏。」翁信良說。

「那麼我把門票寄給你。」馬樂說。

「不，我怕寄失了，我們約個時間見面，我來拿。」翁信良說。

翁信良約馬樂在赤柱餐廳吃飯，那是他第一次跟緹緹和沈魚吃飯的地方。

那天赴約之前，他去了海洋公園一趟，探望很久不見的大宗美小姐。

大宗美的助手告訴他：「你來得真不巧，今天有一條海豚在石澳擱淺，大宗小姐去了那裡。」

他剛剛認識沈魚和緹緹的時候，也剛好有一條海豚擱淺，已經是兩年前的事。

翁信良走到海洋劇場，今天的表演已經結束，他到池畔探望力克和翠絲。力克和翠絲好像認得他，湊近他身邊搖尾。翠絲的肚子有點微隆，訓練員告訴他，翠絲懷孕了，明天開始要將牠隔離，避免其他海豚弄傷牠。

「哦。」翁信良回應著，沒想到變化這麼大，力克和翠絲的愛情已經開花結果了。牠們曾經是他和沈魚的愛情見證人。

離開公園的時候，翁信良經過跳水池，他猛然想起，這一天，他為什麼先到海洋劇場而忘了跳水池呢？每一次經過公園，他都先到跳水池，因為那裡有緹緹的影子。

他以為自己最愛的女人是緹緹，其實他並不了解緹緹，只因她的驟然死亡令他無法忘記她。但沈魚走了以後，他一天比一天思念她。她在他身旁的時候，他從來沒有察覺。

這天晚上，他和馬樂喝了很多很多酒。

「你不用打電話給小蝶，告訴她你跟我一起嗎？」馬樂說。

「她從來不管我的。」

「那你什麼地方都能去？」馬樂笑說。

「是的，我什麼地方都能去，除了巴黎。」翁信良笑說。

「你有沒有試過一覺醒來，發現你愛的人並不是那個睡在你身邊的人？」

翁信良問馬樂。

「我沒有試過召妓。」馬樂說。

「我不是這個意思。」翁信良大笑：「她不再睡在我身邊，我才知道我愛她。」

「你不覺得已經太遲了嗎？」馬樂問翁信良。

翁信良沮喪地點頭。

馬樂把兩張演奏會的門票交給翁信良：「你和小蝶一起來。」

翁信良獨自坐計程車回家，在電台新聞廣播中聽到今天早上一條海豚在石澳沙灘擱淺的消息，他覺得那好像是沈魚從遠方帶給他的消息。回到家裡，他醉醺醺地倒在沙發上，胡小蝶拿了熱毛巾替他敷臉。

「你為什麼喝得這麼醉？」胡小蝶問他。

翁信良蜷縮在沙發上，胡小蝶用熱毛巾抹去翁信良臉上的眼淚。

馬樂在陽台上拉奏艾爾加的〈愛情萬歲〉，兩隻鬆獅是他的聽眾，不知道在巴黎唐人街的沈魚會不會聽到。

他想，她大概真的不會回來了。每一次演奏會，她的座位都是空著的，已經半年了。

週末晚上，馬樂穿好禮服準備出場，觀眾魚貫入場，翁信良和胡小蝶一起來，坐在前排位置。翁信良那天喝醉之後患上感冒，幾天來不斷的咳嗽。全場滿座，只有第一行中間的一個座位空著。

馬樂向著空座位演奏，沈魚是不會回來的了。他的獨奏其實只為一個人演奏，那個人卻聽不到了。翁信良忍著咳嗽，臉都漲紅了，但他不想在馬樂獨奏時離場。

馬樂獨奏完畢，全場熱烈鼓掌。

「馬樂好像進步了不少，感情很豐富呢！」胡小蝶跟翁信良說。

馬樂為一個人而奏的音樂卻得到全場掌聲。

大合奏開始不久，翁信良終於忍不住咳了兩聲。

「我出去一會。」他跟胡小蝶說。

「你不要緊吧？」胡小蝶問他。

「不要緊。」

翁信良走出演奏廳，盡情地咳嗽。走廊的盡頭，一個他熟悉的女人出現。

「你好嗎？」沈魚問他。

翁信良不停地咳嗽，他完全沒有心理準備會在這個地方、這個時刻再見沈魚。站在他面前的沈魚，消瘦了，漂亮了，頭髮比以前長了很多，眼神和以前不同，以前的眼神很活潑，今天的眼神有點幽怨。她穿著一條黑色長裙，拿著一個精巧的黑色皮包，她從什麼地方來？她一直在香港，還是剛從遙遠的巴黎回來？

翁信良咳得滿臉通紅，好不容易才把咳嗽聲壓下去。

「你不舒服？」沈魚問他。

「是的。妳什麼時候回來的？」

「我剛剛回來。」沈魚說。

「很久沒有見面了。」

「是的，很久了。」

「妳好嗎？聽說妳在緹緹父母的餐館工作。」

沈魚想起在巴黎孤寂的日子，想起那個失業漢放在她床上的大蜥蜴，笑著說：「日子總是要過的。」

翁信良垂首不語。

這個時候胡小蝶從演奏廳出來，想看看翁信良是不是不舒服，她看見沈魚了，也看到垂首不語的翁信良。胡小蝶的震撼不及翁信良來得厲害，她沒想過沈魚會不回來，她是隨時準備沈魚會回來的，她從不輕敵。

「你沒事吧？」胡小蝶把手放在翁信良的背部。

翁信良用手帕掩著嘴巴，企圖掩飾自己的失神。

「我先進去。」沈魚走進演奏廳。

胡小蝶站在翁信良身旁默不作聲。

「進去吧。」翁信良說。

看到沈魚站在演奏廳後排等待休場時入座，馬樂興奮得用眼神向沈魚打招呼，沈魚向他揮手。翁信良以為，沈魚已經飛到馬樂身邊了。馬樂壓根兒就沒有想過沈魚會出現，打從半年前頭一次寄演奏會門券到巴黎給她，每一次，馬樂都失望。

在希望越來越渺茫的時候，她竟然回來了，坐在他原先為她安排的座位上，微笑祝福他。

馬樂第一次感覺到他的音樂裡有一種來自最深心處的激情，使他幾乎忘了他是管弦樂團的其中一位表演者，沈魚是其中一位聽眾。

他好像單單看到台下有她。

翁信良坐在沈魚後面，幾乎嗅到她頭髮的氣息。她的頭髮已經很明顯沒了那股泳池消毒藥水的氣味。他沒想過竟有一天他要從後面看她，而另一個女人在他身邊。

偌大的演奏廳，彷彿只有三個人存在——他、沈魚和胡小蝶——一個解不開的結。

演奏完畢，全體團員謝幕，觀眾陸續散去，偌大的演奏廳，這一刻真的只剩下三個人——沈魚、翁信良、胡小蝶。馬樂從後台出來，打破了這個僵局。

「沈魚，妳什麼時候回來的？」

「剛剛到，你好嗎？」沈魚說。

「好，妳呢？」馬樂說。

沈魚微笑點頭。

「我還以為妳收不到我寄給妳的票。」

「你只寫巴黎唐人街中國餐館沈魚，唐人街有很多中國餐館呢！」沈魚說。

「我沒有妳的地址嘛！妳怎麼收到門票的？」

馬樂忙著跟沈魚說話，這時才發現自己忽略了一直站著的翁信良和胡小蝶。他很後悔邀請他們來，如果知道沈魚會出現，他一定不會叫他們來。

「怎麼樣？剛才的表演精采嗎？」

「你最精采是這一次了。」

「是的，是最精采的一次。」馬樂含情脈脈望著沈魚。

翁信良看得很不是味兒，跟馬樂說：「時候不早了，我們回去了。」

「哦，好吧。」馬樂說。

「再見。」翁信良跟沈魚說。

目送翁信良跟胡小蝶一起離開，沈魚心裡的酸味越來越濃，她好不容易才可以看似從容地面對這次重逢。

「對不起，我以為妳不會來，所以我請了他們——」馬樂說。

「不要緊。」

「妳還沒有告訴我妳怎樣收到我寄給妳的門票。」馬樂問沈魚。

「唐人街是有很多中國餐館，但派信的郵差是我們餐館的常客。」

「那麼說，妳一直也收到我的信？」

沈魚點頭。

「為什麼現在才肯回來？」

沈魚說：「這一晚是你個人獨奏表演嘛，可惜飛機誤點，我錯過了，對不起。」

馬樂看著沈魚，他已經等了百多個日子，今天她竟然為了他回來，這當中意味著她決定接受他的愛。

他不能自已，緊緊地擁抱著沈魚說：「我愛妳。」

「馬樂，對不起——」沈魚慚愧地說。

馬樂恍然大悟，雙手垂下。

「多謝你關心我，我知道你對我很好——」

「不用說了。」馬樂沮喪地坐在椅子上。

「我今次的確是為你回來，除了緹緹以外，你是我最好的朋友，因此我不想利用你來陪我度過痛苦的歲月。你應該高興，我終於堅強地站起來，終於肯面對現實，雖然我心裡仍然愛著那個人。」

馬樂低頭不語。

「馬樂。」沈魚坐在馬樂身邊：「你會明白我的。」

馬樂望著沈魚，良久不語，他終於明白，他永遠不可能得到她。

「我真不明白翁信良有什麼好處，就是因為他長得比我英俊？」馬樂苦笑。

「別問我。」沈魚苦笑。

馬樂站起來：「妳的行李呢？」

「我沒有行李。」

「那麼今天晚上，妳住在什麼地方？」

「回去跟爸媽住。我以前跟他們關係不好，在巴黎這段日子，才明白只有親情是永遠不會改變的。失戀也有好處。」
「妳要不要探一群朋友？」馬樂問沈魚。
「朋友？是誰？」
「妳忘了妳有一群狗朋友？」
「鬆獅？你不是把牠們賣掉了嗎？」
「還沒有。要不要看？」
「好呀，現在就去！」
馬樂帶沈魚回家，兩頭鬆獅撲到他身上，每隻有百多磅重量，牠們已經不認得沈魚了。
「嘩，已經這麼大隻了！還有其他呢？」
「這裡放不下，其他的寄養在寵物店，有幾頭放在朋友家裡。」
「馬樂，謝謝你。」沈魚由衷地說。
「妳有什麼打算？」馬樂問。
「如果海洋公園還要我的話，我想回去。」
翁信良和胡小蝶在計程車上一直默不作聲。

胡小蝶一直垂著頭，她看得出，翁信良仍然惦念著沈魚，當天，她用了詭計把他從沈魚手上騙回來。

她以為翁信良愛的是她，但她終於發現他愛的是沈魚。

車子到了大廈門口，兩個人下車，翁信良拉著胡小蝶的手。胡小蝶感動得流下眼淚，她剛剛失去的安全感又回來了。

沈魚在岸上發號施令，力克首先躍起，跳過籐圈，隨後的四條海豚一一飛躍過去。沈魚跳到水裡，跟力克一同游泳，力克把她背在身上，凌空翻騰，全場觀眾鼓掌，其他訓練員也呆了，他們沒見過力克表演過這動作，只有沈魚見過。那夜，力克背著她，翠絲背著翁信良。

這是今天最後一場表演，觀眾陸續散去，觀眾席上，只剩下一個人。那個人從座位上站起來，向沈魚揮手，他是翁信良。

沈魚沒想到她和他竟然再次在海洋劇場見面。沈魚跑上梯級，來到翁信良面前。

「馬樂告訴我，妳在這裡上班。」

的話，譬如：「我愛妳」或「我們重新開始好嗎」之類。

沈魚凝望翁信良，她知道不該期望他說什麼，但她卻希冀他會說一句動人

「不，有一句話一直想跟妳說。」

「你來這裡就想問我這個問題？」

「妳好嗎？」

「是的。」

「對不起。」翁信良說。

沈魚咬著牙：「我們這段情，就用『對不起』來做總結？」

翁信良無言。

「我說不出你有什麼好處，缺點卻有很多。」沈魚說。

「我讀過海豚救了阿里翁的故事。」

沈魚苦笑：「給你什麼啟示？」

「我希望妳快樂。」翁信良由衷地說。

「謝謝你。」沈魚說：「我從前以為我們無法一起生活的原因是你太壞，

後來我才知道是我太好。」

「妳還戴著這支手錶？」翁信良看到沈魚戴著他送給她的那支海豚手錶。

「是的，這支錶防水。」

沈魚從翁信良身邊走過，一直走上梯級，離開劇場，把她愛過的男人留在微風裡。她不敢回頭望他，淚水從眼眶裡湧出來，不能讓他看見。她記得翁信良說過，味道總會隨風而逝。

國家圖書館出版品預行編目資料

賣海豚的女孩 / 張小嫻著.--二版.--臺北市：
皇冠. 2013.07 面；公分（皇冠叢書；第4324種）
(張小嫻愛情王國；6)

ISBN◎978-957-33-2931-2（平裝）

857.7　　101015877

皇冠叢書第4324種
張小嫻愛情王國 6

賣海豚的女孩

作　　者—張小嫻
發 行 人—平雲
出版發行—皇冠文化出版有限公司
台北市敦化北路120巷50號
電話◎02-27168888
郵撥帳號◎15261516號
皇冠出版社(香港)有限公司
香港上環文咸東街50號寶恒商業中心
23樓2301-3室
電話◎2529-1778　傳真◎2527-0904
責任主編—盧春旭
責任編輯—許婷婷
美術設計—王瓊瑤
著作完成日期—1995年7月
二版一刷日期—2013年7月

法律顧問—王惠光律師

讀者服務傳真專線◎02-27150507
電腦編號◎537006
ISBN◎978-957-33-2931-2
Printed in Taiwan
本書定價◎新台幣240元/港幣80元